ご存知ないようですが、父ではなく私が当主です。

Characters
モニカ
バーディ侯爵家の『当主』。
だが未成年のため
父親に権利を奪われ、
義家族に虐げられている。
アンソニー
ブラント公爵家の次男。
モニカが通う学園の生徒で、
彼女の苦境を
見抜き、助ける。

サンドラ
シンシアの娘で、モニカの義姉。
モニカから婚約者を
奪い、陥れる。
ランドルフ
モニカの実父だが、
モニカから当主の権利を奪う。
シンシア
ランドルフの後妻で、
モニカの義母。
モニカを鞭打ち、虐げる。
ディアナ
学園でのモニカの
クラスメイト。
モニカに憧れていた。
ローズ
モニカの母方の従姉妹。
モートン公爵家の
次期当主で、モニカを
大切に思っている。

目次

ご存知ないようですが、父ではなく私が当主です。

序章

「モニカ、すまない。俺は本物の愛を知ってしまったんだ。だから君とは結婚できない」

十七歳の誕生日。

婚約者のルーファス様は、プレゼントを渡す代わりに別れを告げてきた。

悪びれもせずに、屈託《くったく》のない笑顔を向けてくる彼。

——私は、この笑顔が大好きだったのに……

「その本物の愛のお相手は、どなたなのですか？」

聞かなくても予想はついていたけれど、はっきり答えを聞いて心にケジメをつけたかった。

「実は、サンドラなんだ」

やっぱり、予想通りの答え。

サンドラは、私の義姉だ。義姉といっても歳は同じで、私より三カ月ほど早く生まれただけ。

四年前に母が亡くなり、三年前に父が再婚した。

そして、義母の連れ子のサンドラが義姉になったのだ。

義母のシンシアは男爵家の生まれだったが、未婚のまま父親がわからない子を産んだ。

そんな義母と再婚した父について『実はシンシアは前からの愛人で、サンドラは隠し子なのでは』と皆が噂《うわさ》していた。

それはただの噂《うわさ》ではないかもしれない、と私も思っている。だとすればサンドラは義姉ではなく異母姉ということになるのだけれど……

父が再婚して義母のシンシアとサンドラが屋敷に来てから、私の居場所はなくなった。

そもそも、父は母を愛してはいなかった。

ほとんど屋敷に帰らず、母が病気になっても放ったらかし。

それが再婚してからは屋敷で過ごすことが多くなり、今では三人がはじめから家族だったかのように見える。

私が使っていた部屋はサンドラの部屋になり、今は物置部屋が私の部屋だ。ドレスも宝石も、幼い頃に母が買ってくれたぬいぐるみでさえも、サンドラは私から奪《うば》っていった。

なんの役にも立たない私に使うお金はないと、彼らは食事代ですら惜《お》しむようになった。

食事は一日一回、硬くなったパンをひとつだけ。

そんな生活が三年……私にとって、ルーファス様がいてくれることが、心の支えだった。

けれどそのルーファス様までサンドラに奪《うば》われてしまったようだ。

「そう……ですか」

それ以上、言葉が出てこなかった。

「本当にすまないと思っているんだ！　だが、最近のモニカは、魅力がないというか……触れても柔《やわ》らかみがないし、なんだかやつれているようだし、前はあんなに美しかったのに、今は女の子っぽくないというか……」

それは、本当に悪いと思っている人の言葉なのだろうか……

私とこのルーファス・ドナルド様が婚約したのは、七年前のことだ。

少し子供っぽいけれど、いつも見せてくれる屈託《くったく》のない笑顔が大好きだった。

母が病《やまい》に倒れた時はそばで元気づけ、亡くなった時も『俺がそばにいるから』と言って、寄り添ってくれた。

私はそんな彼の優しさに救われていたのに、彼のほうは私の外見や感触にしか価値がないと言っているように聞こえる。

「こんなガリガリの身体では、魅力なんてないですよね。肌もボロボロですし、髪の毛だって……」

自分で言っていて、涙が出てきた。

三年間も毎日パン一個で暮らしてきたのだから、身体はほとんど骨と皮しかない。

肌の手入れもできるはずがなく、栄養不足でガサガサだ。

お風呂は冷たい井戸水で髪を洗い、使い古された雑巾のような布で身体を拭《ふ》くだけ。

もちろん、石鹸《せっけん》なんて買えるはずがない。私が自由にできるお金は与えられていないからだ。

こんな状況で、私にどうしろと言うの？

着ている服さえツギハギだらけのボロボロ。彼はこの姿を見ても、私がこの屋敷でどのような扱いを受けているのか想像すらしないらしい。

「すまない、昔の君は好きだった」

爽《さわ》やかな笑顔でそう言うルーファス様が、いっそ清々《すがすが》しかった。

つまり、今の私は美しくないから好きではないということだ。

「お気持ちはわかりました。ルーファス様からの一方的な申し出ですので、婚約破棄というかたちでよろしいでしょうか」

気持ちを残さないように、淡々《たんたん》と話を進める。

彼のことを好きな気持ちは、そう簡単には消えてくれない。

けれど、彼の顔を見て悟ってしまった。もう彼の目に、私は映っていないのだと。

こうなってしまった以上、仕方がない。

彼はドナルド侯爵家の五男。サンドラと結婚するのなら、ルーファス様が騎士の試験に合格して騎士爵を得でもしない限り、ふたりは平民になる。

剣術が苦手なルーファス様が試験に受かるとは思えないから、その未来は確定だろう。

そこまで覚悟してサンドラを選んだのなら、祝福しようと思う。

彼はふたつ返事で了承すると、満面の笑みを浮かべながら帰っていった。

そのまま部屋に戻ろうとすると、使用人に「奥様がお呼びです」と呼び止められ、私はリビングに向かった。

リビングには、ソファーに並んで座る義母とサンドラの姿があった。

「ずいぶん騒《さわ》がしかったけれど、玄関先でなにをそんなに騒《さわ》いでいたの？　うるさくて、ゆっくり

ない。
だが、義母は私の声が少しでも聞こえるといつも『耳障りだ』と言って激昂《げっこう》するから驚きはし
からこのリビングまでは、結構離れている。
ルーファス様とのやりとりは、うるさい……というほどのものではなかったはずだ。それに玄関

本も読めなかったわ」


「申し訳ありません。これからは、気をつけます」

丁寧に頭を下げてその場から去ろうとすると、怒りの含んだ声で呼び止められた。

「待ちなさい！　私は、なにを騒《さわ》いでいたのかを聞いたのよ。私の質問が、理解できないの？」

義母の隣で、くすくすと笑っているサンドラ。

——理由なら、全てサンドラに聞いているはずなのに。

わざわざ私の誕生日に、ルーファス様に別れを告げさせたのはサンドラなのだ。

そのくらい、とうに察していた。

「あ……の、奥様、今日はモニカ様のお誕生日なのです。きっとお友達が、お祝いにいらしたのかと……」

「黙りなさい！　誰がお前に聞いているの!?」

使用人が私のうなだれる姿を見て、黙っていられなくなったようだ。

義母は怖い顔で、使用人の顔をキッと睨《にら》みつけた。

私は急いで、関わらないようにと彼女に目で訴《うった》える。

私のせいで使用人が叱られるなんて耐えられない。

「ルーファス様から、婚約を破棄したいとお申し出を受けました」

急いでそう話すと、義母は使用人のことはもうどうでもいいとばかりに嬉しそうな顔をした。

「まあ、一体どうして？」

義母は、全部私に言わせたいらしい。

「本物の愛を知ったからだそうです」

「その相手は？」

私が答えるたびに、さらに明るい表情になる。

「サンドラお義姉様《ねえ》です」

私の口から聞くことがそんなに嬉しいのか、ふたりは顔を見合わせると大声で笑い出した。

ふたりにとって、私の婚約者を奪《うば》うことは単なるゲームだったのかもしれない。

「ルーファス様がサンドラを選ぶのも仕方がないことだわ。あなたには、魅力がないのだから。それにしても辛気《しんき》臭い顔ね。見ているこっちが暗くなるわ。早く出ていって」

呼んだのも呼び止めたのも義母なのに、用が済んだら出ていけと言う。

今日は殴られないだけ、マシなほうだ。

私の辛そうな姿に機嫌《きげん》をよくして、使用人が助けようとしたことはすっかり忘れてくれたようで助かった。

使用人が少しでも私を心配するそぶりを見せると、義母はその使用人に罰《ばつ》を与える。

その罰《ばつ》とは、女性ならふくらはぎを、男性なら背中をムチで打つというもの。

母が生きていた頃からこの家に仕えてくれている彼らに、そんな目に遭ってほしくはない。

だから、使用人たちには決して私を庇《かば》うことがないようにきつく命じた。

父や義母やサンドラの言うことだけを聞くように、と。

私が止めに入っても、彼らがムチで打たれる回数が増えるだけ。私がなにかすれば余計に罰《ばつ》を与えられることになる。使用人たちを守るためには、私が距離を取るしかなかった。それが使用人に対して、今の私にできる唯一のことだ。

ムチで打たれる辛さは、誰よりも私自身がわかっている。

三年前、初めて屋敷にやってきた義母は、顔が気に食わないと言って私をムチで打った。

私の場合はふくらはぎではなく、足の裏だった。

私が暴力を振るわれていると、他の人に気づかせないためだ。

それから何度も何度もムチで打たれたせいで、足の裏は腫《は》れ上がり、皮が剥《む》けてぐちゃぐちゃになっている。化膿《かのう》して病気にでもなったら困るからか、化膿《かのう》止めの薬だけはくれるけれど、痛み止めはくれない。

こんな思いをするくらいなら、いっそ逃げ出してしまいたい……そう、何度も思った。

でも、私が逃げ出せば残された使用人たちがもっと酷い目に遭うことは目に見えている。

私がまだこの屋敷にいる理由は、彼らを見捨てることなどできないからだ。

物置部屋に戻ると、窓の外は雨が降っていた。

さっきまでは、降っていなかったのに……まるで、私の心を映し出しているように感じた。

「クヨクヨするのは、もうやめ！　これで私には奪《うば》われるものがなにもなくなったのだから、怖いものなしじゃない！」

声に出したのは、自分に活《かつ》を入れるため。

このバーディ侯爵家の当主は、私だ。

当主だった母が亡くなってすぐに、娘の私がこの侯爵家を継いだ。

今は父が当主のように振る舞っているし、周囲もすっかりそう思わされているけれど、本来は私が十八歳になるまでの代理に過ぎない。

私が父の言いなりになっているのは、自由まで奪《うば》われたくないからだ。

サンドラに全てを奪《うば》われても、文句ひとつ言わない。

義母に理不尽に殴られても、ただひたすら謝るだけ。

父が私を見ようとしなくても、食事を与えられなくても、ベッドのない物置部屋で暮らすことになっても、全てを受け入れてきた。

父は一生、このまま当主代理でいられると思い込んでいる。

けれど、私にそんなつもりは一切ない。

母の葬儀《そうぎ》にさえ姿を現さなかった父に、愛情などこれっぽっちもなかった。

私が十八歳になるまでは我慢《がまん》するけれど、それ以上好きにさせるつもりなんてない。

十八歳の誕生日には、なにもかも返してもらう。

明日から、新学期が始まる。

王立学園は、十二歳から十八歳までの貴族令息や令嬢が通う場所だ。

学園の授業は一日に四時間だけで、お昼頃には終わる。

正直、家庭教師を雇ったほうが効率はいい。なにより、学園に子供を通わせるには多大なお金がかかる。それでも貴族たちが自分の子供を学園に入学させるのは、学園に通わせられるだけの財力があると証明するため。そして幼いうちから他の貴族たちと縁を結ぶことで、人脈を広げるためだ。

私は母が亡くなる前から通っていたこともあり、今もまだ学園に通えている。

世間体《せけんてい》を考えると、義姉を編入させておいて娘を退学させるわけにはいかなかったのだろう。

代わりに、一日でも休んだら退学させると言われている。

それほど私にお金を使いたくないのだろう。

ルーファス様を失った今、私には学園だけが心穏やかになれる場所。

その場所を、奪《うば》われたくない。

床に横になり、小さく丸まって眠る。ほとんど骨と皮だけの身体は、床に当たって痛い。

「……こんなガリガリの私に、魅力なんてあるわけないじゃない。……お腹、空いたな」

その日は強くなっていく雨の音と、自分のお腹の音でなかなか眠れなかった。

第一章

制服に着替え、学園に向かうため馬車に乗り込む。

昨日の大雨はすっかり上がり、今日は青空が広がる良い天気だった。

学園までは馬車で三十分ほど。王都に住んでいない生徒は、寮に入っている。

「到着しました。行ってらっしゃいませ」

「行ってきます、シド」

シドは、私が幼い頃からバーディ侯爵家に仕えてくれている使用人だ。

以前から無愛想な態度だったからか、シドに対して義母はなにも言わない。そのおかげで、シドといる時は義母の目を気にしなくて済む。

学園に到着して馬車を降りると、周りからの視線を感じた。

考えられる理由は、ルーファス様との婚約破棄だ。

婚約破棄なんて、そうそうあることではない。婚約者に捨てられた私がそれほど物珍しいのだろう。

そう思っていたのだけれど……

「見損なったわ、モニカ」

教室に入ろうとした私にそんな言葉を投げかけたのは、親友のエイリーンだった。

ドルーグ子爵家令嬢、エイリーン。彼女とはこの学園に入ってすぐに仲良くなって、私はずっと親友のつもりでいた。

その彼女に見損なわれるようなことをした覚えはない。

わけがわからず首をかしげる私を、彼女は冷めた目で見ていた。

「エイリーン、なんのこと?」

「ふん、しらばっくれる気? サンドラ様がおっしゃった通り、本当に性悪《しょうわる》なのね!」

サンドラ……

また、彼女がなにかしたようだ。

なにを言われたかは知らないけれど、エイリーンが親友の私よりもサンドラを信じたのだと思うと悲しくなってくる。

「なによ、その顔。そんな『傷ついてます』みたいな顔して、同情でも誘うつもり? サンドラ様に大怪我《おおけが》をさせておいて、なんて図々《ずうずう》しい!」

どうやら婚約者を奪《うば》われて逆上した私がサンドラを突き飛ばし、そのせいで彼女は腕の骨を折った……とサンドラは触れ回っているらしい。

私は、彼女に触れてさえいないのに。

それに本当に怪我《けが》をしていたら義母が大騒《おおさわ》ぎして、たとえ私が原因でなくても叱責《しっせき》は免《まぬが》れなかったはずだ。

つまり、サンドラは怪我《けが》もしていないのだろう。

「私はそんなことしていないわ。エイリーンは、信じてくれると思ってたのに……」

エイリーンの顔を見ればわかる。なにを言っても、信じてはもらえないだろう。

そんなに私は、彼女と信頼関係を築《きず》けていなかったのだろうか。

「信じる？　冗談でしょう？　ルーファス様がサンドラ様を選んだのも当然ね。こんな性悪《しょうわる》な人間と今まで親友でいたなんて、恥ずかしいわ！」

今までサンドラは、学園では嫌われ者で目立たない存在だった。

再婚相手の連れ子という立場は、貴族の令息令嬢が通う学園では、あまり好かれるものではない。そんなサンドラが目立てば、虐《いじ》められるからだ。

もしかしたら、サンドラはずっとルーファス様を狙っていたのかもしれない。

サンドラが父の隠し子というのは、今まではただの噂《うわさ》に過ぎなかった。けれど、私の婚約者だったルーファス様と婚約したとなると、単なる噂《うわさ》では済まなくなってくる。

今はシンシアが父の正妻なのだから、父の隠し子とされるサンドラは、バーディ侯爵家の正式な娘として認められたのだと皆は考えるだろう。

つまり、ルーファス様と結婚してバーディ侯爵家を継ぐのはサンドラだと勘違いする者も出てくるというわけだ。

父がバーディ侯爵家を牛耳《ぎゅうじ》っているのだから、そう思う人が多いのも自然なことだと思う。

事実、義母とサンドラは、完全に勘違いをしているのだから。

サンドラが私をこんなにも嫌うのは、自分は男爵家で貧乏な暮らしをしていたのに、私が侯爵家でぬくぬくと育ってきたからだと言っていた。

父が母と離婚し、もっと早くシンシアと再婚していれば、自分は侯爵令嬢として幸せに暮らせていたはずなのに……と。

父の実家は子爵だ。しかも五男。

生家の爵位を継ぐことはまず望めない立場だった。

母に愛がないのに離婚しなかったのは、貴族の立場にしがみつきたかったからだろう。

もし母が生きているうちに離婚して父がシンシアと再婚していたら、平民として暮らす道しかなかったはずだ。

それを話したところで、サンドラはなにかしら理由をつけて私を嫌うのだろうけれど。

ルーファス様は、明るくて誰にでも優しい。容姿が特別美しいわけではないけれど、それなりに人気者だ。薄茶色のふわふわした柔《やわ》らかい髪の毛、緑色の大きな目でじっと相手の目を見て話す彼は、まるで子犬のように愛らしい。そんな彼を、嫌いな人はいなかった。

バーディ侯爵家の跡継ぎで、ルーファス様に選ばれたサンドラ。

ルーファス様に捨てられ、侯爵家の跡継ぎでもなくなった私。

周囲には、今の私たちがそんな風に見えているのだろう。

それは、この学園にも私の居場所がなくなったことを意味していた。

学園は、私にとって唯一落ち着ける場所だった。

けれど、もう違うのだと思い知る。

「そうね、ごめん」

エイリーンならわかってくれると思っていた私が愚《おろ》かだった。

話しても無駄だと悟り、自分の席に着く。

そんな私の態度が気に入らなかったのか、エイリーンは私の机をバンッと大きな音を立てて叩いた。

「謝れば許されるとでも？　これで終わりだと思わないことね」

鋭い眼差しを私に向けるエイリーンは、親友だった頃とは別人のようだ。

捨て台詞《ぜりふ》を残し、エイリーンも自分の席に戻った。

それにしても、サンドラが私に怪我《けが》をさせられたからと言って、なぜエイリーンがこれほど激怒しているのだろう。

彼女がサンドラと仲が良かったという記憶はない。

違和感はあるけれど、あの様子では聞いても答えてはくれないだろう。

いつもなら、あっという間に終わってしまう学園での一日。

それが今日はものすごく長く感じる。

朝にエイリーンに絡まれた以外は、誰ひとり話しかけてくることはなかった。

それでも、冷たい視線はずっと感じていた。

少しだけでいいから、誰もいないところに行きたい――そう思い、私は授業が終わるとすぐに裏庭へ向かった。


裏庭には、ひとりになりたい時によく来ていた。

まさか、一日中ひとりになりたいと願うことになるとは思わなかったけれど。

白いベンチに腰を下ろして、空を見上げる。

真っ青な空が綺麗で、少しだけ心が癒《いや》される。

学園での平穏な日々を失った今、本当に私にはなにもなくなってしまった。

たったひとりの友達さえ、私には許されなかった。

この先頑張っていけるのか、自信がない。

「弱気になってはダメ！」

パンッと両頬《りょうほお》を叩いて、気合いを入れる。

「それ、痛くないの？」

いつからいたのか、男子生徒が不思議そうな顔をしながら私の目の前に立っていた。

「え……!?　あの……」

誰もいないと思っていたのに、急に話しかけられて慌てていると……

「アンソニー様～？　どちらにいらっしゃるのですか～？」

誰かを捜しているのか、媚《こ》びを売るような女子生徒の甘い声が聞こえてきた。

「あの……」

きっと、あの子が捜しているのはこの人だろう。

そう思って声をかけようとすると、男子生徒が「しーーっ!!」と左手の人差し指を自分の唇に押し当て、私の口を右手で塞《ふさ》いだ。

突然の出来事に、身体が固まる。

「ごめん、見つかりたくないんだ」

耳元で言われてコクンと頷《うなず》くと、そっと男子生徒の手が離れる。

女子生徒の声が遠ざかると、彼は大きな溜め息を漏《も》らしながら、私の隣に腰を下ろした。

「はぁ……助かったー！　誰もいないだろうと思って、ここに逃げてきたんだ。このベンチ、大きな木に隠れて見えないから、ちょうどいいんだよね」

目の前には大きな池があり、後ろには大きな木があるこの場所は、確かに隠れるには最適だ。私も誰にも見られたくなくてここに来たから、気持ちはわかる。

「女の子から、逃げてきたのですか？」

それにしてもこの男子生徒は、初対面なのに距離が近すぎやしないだろうか。

見つかりたくなかったとはいえ、初めて会った人の口を塞《ふさ》ぐなんてありえない。

「そうなんだけど……なんか、警戒《けいかい》してる？」

いつの間にか、私はベンチの端のほうに移動していた。無意識に彼から距離をとっていたようだ。

彼は苦笑いを浮かべながら、ベンチから立ち上がった。

「俺は、アンソニー。君は？」

「……モニカ」

アンソニーと名乗った男子生徒は私の名前を聞いて微笑《ほほえ》むと、そのまま「またね」と言い残して去っていった。

あの人は一体、なんだったのだろう……

ただ、学園中に悪い噂《うわさ》が流れていたであろう私の名を聞いても、彼は嫌な顔をしなかった。


しばらく空を眺《なが》めた後、馬車に乗り込んで屋敷に帰る。

屋敷に到着し玄関を開けると、すぐに「奥様がお呼びです」と使用人に言われて、リビングに向かった。

リビングでは、義母とサンドラが楽しそうに話をしていた。

「お呼びでしょうか？」

ふたりは私に気づくと、指をさして大笑いした。

「あはははは！　今日、学園は楽しかったでしょう？　私を怪我《けが》させたモニカは、学園中の人気者になれたものねぇ！　誰だっけ、あの……モニカの親友のバカ女！　すっかり信じちゃって、笑いを堪《こら》えるのが大変だったわ！」

自分を信じてくれた人を、バカ女呼ばわり……

エイリーンに同情するつもりは一切ないけれど、サンドラには人の心なんてわからない。

笑いすぎて涙を浮かべながら人を馬鹿にするサンドラのほうこそ、滑稽《こっけい》に思える。彼女は腕に巻いていた包帯をするすると外し、その包帯を私に向かって投げつけた。

「こんなものに騙《だま》されるなんて、ほんと単純。それ、捨てておいて。もう部屋に戻っていいわ」

今日のことをバカにするだけのために、私は呼ばれたようだ。

包帯を拾い、部屋に戻ろうとすると……

「待ちなさい」

義母の声に、身体が硬直する。

「台の上にうつ伏せになりなさい」

うつ伏せになれということは、ムチで打たれることを意味している。

なにが義母の地雷を踏んだのか……私は、「お呼びでしょうか?」としか口にしていない。

理由などなく、ただ義母の機嫌《きげん》が悪かっただけなのかもしれないけれど。

言われた通り、素直にうつ伏せになる。

拒否すれば、使用人が次々にムチで打たれることになる。

私ひとりで済むのなら、それが一番だ。

「お母様、今日は回数少なめにしてね。明日も学園があるのだから、怪我《けが》をしていたら私のせいにされかねないわ」

自分が使った手を、私も使うのではと思っているようだ。サンドラの怪我《けが》は嘘だったけれど。

――誰かに助けを求められるのなら、とっくにそうしている。

それができないから、今こうしてうつ伏せになっているのに。

「大丈夫よ、モニカだって腐《くさ》っても侯爵令嬢。貴族らしい歩き方くらい心得ているわ。それに、これは躾《しつけ》よ。手加減なんてしないわ」

義母のストレス発散を、躾《しつけ》だと言い切る。

確かに私は、どんなに痛くても、それを他人に悟られたことはない。

誰かに知られたところで義母は躾《しつけ》だと言い張り、父が揉《も》み消すだけだ。

誰も助けてくれはしない。

それどころか私の代わりに使用人がムチで打たれることになるだろう。

だから私は、必死で痛みを堪《こら》え続けている。

まだ十八歳に満たない私は、正当な当主であっても侯爵の代理を立てなければいけない。

そのバーディ侯爵代理を任せられる人は、今の私には父以外にいないのだ。

母の親族は辺境伯をはじめ、地方で重要な任についている者が多く、王都で私の代理をすることができない。

父の親族は皆、父のように自分のことしか考えない人だらけ。

要するに、このまま我慢《がまん》し続けるしか道がないのだ。

それに……ただ時間が過ぎるのを待って十八歳になるだけでは、この状況は変わらない。

このどうしようもない状況を打破《だは》するには、解決しないといけない問題がある。

だからこそ私は、ただ耐えているわけではなかった。

義母やサンドラ、父にされたことは全て記録してある。いつかなにかの役に立てば……そう思って記録を始めた。

あと一年もすれば、それを証拠に彼らを糾弾《きゅうだん》することもできるはず。

自分がしたことの責任は取るべきだ。

義母は楽しそうに、私をムチで打つ。

何年も打たれているけれど、この痛みに慣れることはできそうにない。

必死に耐える私を見ながら、サンドラは嬉しそうに口元に笑みを浮かべている。痛めつけられている姿を見て笑えるなんて、なんとも悪趣味だと思う。

ムチは、特注品だ。少し短めに作ってあり、ムチの扱いに不慣れでも狙ったところに当てることができる。私が今うつ伏せになっている台も特注品だ。ムチ打ちをするためだけに作られた。

一回……二回……三回……

痛いなんて言葉では言い表せないほどの激痛が走る。

あまりの痛みに、気を失いそうになるのを必死に耐えた。

十回……

今日は、十回で終わった。

終わるとすぐに、義母たちは私から興味を失う。

さっさと部屋に戻るように言われ、使用人から化膿《かのう》止めの薬を渡される。

辛そうに顔を歪《ゆが》める使用人に、『顔に出してはダメ』と目で合図を送る。

物置部屋に戻ると、一気に力が抜けてその場でへたり込む。

足の裏はさらにぐしゃぐしゃになっていて、ヒリヒリしているのかジンジンしているのかズキズキしているのか……痛みの種類もわからないほど色々な痛みが押し寄せてくる。

今日は、もう動けそうにない。

その場に横になると意識が遠のいて、すぐに気を失った。


気がつくと、朝になっていた。

井戸に行こうとドアを開けると、部屋の前にパンが載せられたトレイが置いてあった。

ノックの音にも気づかずに、眠っていたようだ。

私がドアの前で倒れていたせいで、これを持ってきた使用人はドアを開くこともできず、仕方なく部屋の前に置いたのだろう。

私に用意される夕飯のパンは、持ってくる時に義母がチェックする。

このパンを持ち帰ってしまったら、今日の夕方まで食事抜きになる。だから使用人は、持ち帰らずに置いていってくれた。

日にちが経ってカチカチになったパンでも、私にとっては唯一の食事。

カリカリと音を立てながら、ゆっくり崩《くず》してパンを食べる。

食べ終わったら井戸に行き、水を汲《く》んでくる。

昨日はあのまま眠ってしまったから、急いで髪を洗い、身体を拭《ふ》く。

足を水につけると、声にならない悲鳴が上がった。

傷口がしみて、今までにない痛みが襲《おそ》ってくる。

すぐに冷やさなかったから、悪化してしまったようだ。

化膿《かのう》止めの薬を塗《ぬ》り、昨日サンドラから捨てるように言われた包帯を巻いた。

少しクッションがあるだけで、歩くのがだいぶ楽になった。


学園は、昨日と同じだった。

馬車を下りて校舎へ向かう道ですら、誰もがヒソヒソと私の噂話《うわさばなし》をしながら、こちらを見ている。

救いのない生活に、頭がおかしくなりそうだ。

残りたった一年……いいえ、あと一年もこんな生活を続けなければならない。

必死に正気を保ち、耐え続けるしか私には道がない。

「モニカ様って、誰とでも夜を共にするんですって」

「私も聞いたわ！　それが理由で、ルーファス様に婚約を破棄されたそうよ」

ヒソヒソだけでなく、堂々と聞こえるように悪口を言う人たちもいる。

どうやら、昨日とはまた違った噂《うわさ》まで流れているようだ。

その噂《うわさ》は、サンドラが流したものではないと感じた。

サンドラは、ルーファス様が自分を選んだのだと自慢《じまん》したいはず。私が浮気をしたからサンドラを選んだ、なんて筋書きは望まない。

昨日エイリーンが言っていた、『これで終わりだと思わないことね！』という言葉は、このことだったのかもしれない。

けれど、噂《うわさ》が増えたところで誰も話しかけてはこないのだから、変わりはない。

でもまさか、エイリーンまでこんな嫌がらせみたいな噂《うわさ》まで流すとは思わなかった。

エイリーンとは、学園に入学してすぐ友達になった。

誰とでもすぐ仲良くなれる彼女は、いつも明るくて、一緒にいると私まで元気になれた。

あの頃は母も生きていて、幸せな毎日だった。

母が亡くなって、父や義母、サンドラと暮らすようになってから、私の人生は変わってしまった。

それでもエイリーンと話すと元気をもらえていたけれど、今回のことで失った。

門から校舎までの道が、とても長く感じる。

重い足を一歩ずつ進めていると、サンドラとルーファス様が仲良く登校する姿が見えた。

馬車から降り、ふたりは見つめ合う。

その姿を見ていると、胸がチクチク痛んだ。

ルーファス様の隣にいるのは、私なのだとずっと思っていた。

彼が私から離れていくなんて、思いもしなかった。

サンドラの腕には、新しい包帯が巻かれている。折れた腕が一日でくっつくはずはないのだから、しばらくは包帯を巻くつもりなのだろう。

昨日、包帯を外してみせたのは、私に見せつけるためだったようだ。

「モニカ……。まさか、君がこんな卑劣《ひれつ》な真似をするとは思っていなかった。もしまたサンドラを傷つけたら、許さないからな」

私に気づいたルーファス様は、心底軽蔑《けいべつ》した目でこちらを見ている。

わかっていたことだけれど、彼もサンドラを信じたのだ。

涙が溢れ出しそうになるのを、必死に堪《こら》える。

泣いたって、なにも変わらない。否定しても、信じてくれるはずがない。

ルーファス様の後ろで、サンドラは私に怯《おび》える演技をしている。屋敷での彼女とは、まるで別人のよう。こんなに演技が上手いのだから、信じてしまうのも無理はないのかもしれない。

「……お幸せに」

反論することなく、それだけを口にしてその場を去る。

なにも言えなかったのではなく、なにも言わなかった。

もう彼は、私の婚約者ではない。

もう彼は、私の知っている彼ではないのだから。


校舎に入ってすぐ、足が動かなくなった。

痛みがあるから……ではなく、教室に行きたくなかったからだ。

私は本当は、強い人間ではない。

これまで耐えてこられたのは、自分らしくいられる場所があったから。

それすら失った私に、あと一年も耐えるだけの気力が残されているのか……

教室に行くのをやめて、裏庭の白いベンチに座り、池を眺《なが》める。

しばらくすると、生徒たちの声が聞こえてこなくなった。授業が始まったようだ。

初めて、授業をサボってしまった。

すごく静かで、まるでこの世界に自分しかいないように感じる。

本当にそうだったら、楽なのに。

そんなことを考えてしまうほど、追い詰められていた。

「このまま、消えてしまえたらいいのに……」

そう呟《つぶや》いた時のことだった。

「それは困るな。今ここで急に君が消えてしまったら、俺は毎日悪夢にうなされそうだ」

後ろから声が聞こえた。

振り返っても、誰もいない。

立ち上がって、ベンチの後ろにある大きな木の反対側を見てみると、木に寄りかかって座っている人がいた。

昨日の男子生徒だ。名前は確か、アンソニー様。

「いつからいたのですか？」

こんなに近くに人がいたのに、気づかなかった。

「君が、そこのベンチに座った時からいたよ。君の目に俺は映っていなかったから、声をかけなかったんだ」

彼は持っていた本に視線を落としながら、私の質問に答えた。

最初からいたことにも、まったく気づかなかった。

「……授業中ですよ？」

サボっている私が言うことでは、ないかもしれないけれど……

私より先にこの場所にいたのなら、彼は朝から登校していたことになる。

それなのに、彼はここでなにをしているのだろう。

「その言葉、そっくりそのまま返すよ。それより、さっきの話だけど。なにも悪いことをしていないのなら、君が消える必要はないんじゃないか？」

本に視線を落としたまま、彼はそう言った。

「消えませんよ。どんなに消えてしまいたくても、逃げ出したくても、私は消えません。少し、弱気になっただけです」

可愛げのない返答をしてしまった。

消えたい……それは、本心だった。

けれど、彼の言う通りだと思う。

私は、なにも悪いことはしていない。

「泣きたくなったら胸を貸してあげるから、いつでもおいで」

彼は立ち上がり、そう笑顔で告げると、校舎のほうに向かって歩いていった。

「あの……ありがとうございました！」

その後ろ姿に向かって叫ぶと、彼は振り返ることなく、右手を上げて去っていった。

言葉は軽かったけれど、その軽い言葉が、なぜだか『負けるな』と言っているように感じた。

二時間目からは、普通に授業を受けた。

なにを言われても、なにも感じない。アンソニー様の言葉で、なにかが吹っ切れたようだ。

不思議な人。彼のことは、名前しか知らない。

七年間、ルーファス様のことだけ見ていた私には、他の男子生徒のことはまったくわからなかった。

けれど名前しか知らない男子生徒の言葉に、私は救われていた。


「一時間目はどこに行っていたの？　授業をサボるなんて、良いご身分ね」

休み時間になると、エイリーンが話しかけてきた。

私のことが嫌いなのだから、関わらなければいいのに。

「……」

彼女と話すことなど、なにもない。友達をやめたのは、彼女のほうなのだから。

「人に傷を負わせても、なにも感じない人は違うわね。ふてぶてしい顔。こんなのが婚約者だったなんて、ルーファス様がお気の毒だわ」

次から次に、悪口が出てくることに感心する。友達だった時は、人の悪口を言うような子ではなかった……と思う。私が気づかなかっただけで、元々そういう性格だったのかもしれないけれど。

言いたいことだけ言って、授業が始まると彼女は席に戻る。

ストレスでも溜まっているのだろうか。

一日の授業が終わると、私はまた裏庭のベンチに向かった。

いつもの白いベンチで池を眺《なが》めることが、一日頑張った自分へのご褒美《ほうび》だ。

今ではここに座って池や空を見て過ごす時だけが、心穏やかにいられる唯一の時間。

「明日も一日、頑張ろう」

そう心の中で呟《つぶや》いて、学園を後にする。

屋敷に帰ると、珍しく早い時間に父が帰宅していた。

父は私を視界に入れることすら嫌がる。そのおかげで、今日は義母にもサンドラにも会わなくて済みそうだ。

部屋に戻り、着替えてから井戸水を汲《く》みに行く。

足の痛みが、限界だった。

井戸水を汲《く》んで、足をつけると強烈な痛みが走る。痛みがあるのは、生きている証拠。

この痛みに誓う。

私は、絶対に負けたりしない。

第二章

翌日、学園に登校すると、門の前に人だかりができていた。

その中心にいたのは、サンドラとルーファス様。

学園で嫌われていたサンドラは、ルーファス様との婚約で、すっかり人気者になっていた。

「よくやるな」

隣から、急に聞こえた声に驚く。

声の主は、アンソニー様。

彼はいつも急に現れるから、心臓に悪い。

「あの裏庭以外でお会いするのは、初めてですね」

といっても、彼と会うのはまだ三度目なのだけれど。

「そんなに俺に会いたかった？」

イタズラっぽい笑みを見せながらそんなことを言う彼は、やはり軽いだけなのではと思えてくる。

あからさまに嫌な顔をすると、アンソニー様は楽しそうに笑った。

「冗談。それにしても、義妹から婚約者を奪《うば》った女が、なぜあんなにちやほやされているんだろうな。折れているというあの腕も、たまに動いているように見えるのに」

アンソニー様は、私のことをあまり知らないから話しかけてくるのかと思っていたけれど、ここまで事情を知った上だったのだとわかると、先ほどの軽い発言も許せた。

今は学園中が私の噂話《うわさばなし》で持ちきりなのだから、知らない人のほうが少ないのかもしれない。

「私が悪いとは、思わないのですか？」

ルーファス様に婚約を破棄されたのは、私が浮気したからだと噂《うわさ》されている。

サンドラは元々学園の嫌われ者で、私が虐《いじ》めていると思われてもおかしくはない状況だった。

そんな彼女が泣きそうな顔で、私に腕を折られたと言ったら、誰でも信じてしまうかもしれない。

それなのにアンソニー様は噂話《うわさばなし》を信じず、私を慰《なぐさ》めてくれた。

その理由が、わからなかった。

「噂《うわさ》なんて、悪意がある者が流すものだ。そんなものは信じるに値しない。それに、君の目は澄《す》んでいてとても綺麗だ。俺は、自分が信じられると思ったものを信じる」

彼の言葉が、私の中のモヤモヤした気持ちを吹き飛ばす。

なにを言っても、誰も信じてくれないと思っていた。

けれど、彼はなにも言わなくても私を信じてくれた。

「……ありがとう……ございます……」

誰かに信じてもらえることが、こんなにも勇気を与えてくれるなんて思わなかった。

「胸、貸そうか？」

「結構です」

彼の軽い言葉が、今は心地いい。

胸を借りるつもりはないけれど、彼の優しさが伝わってくる気がした。


教室に行くと、またエイリーンが絡んできた。

いつまで私に執着するつもりなのか……

「よく学園に来られるわね。サンドラ様の腕が痛々しくて、見ていられなかったわ！」

こんなガリガリの骨と皮だけの私に、サンドラを突き飛ばせる力があると本気で思っているのだろうか。

無視して自分の席に着こうとすると、机には悪口がびっしりと書かれていた。

幼稚《ようち》な嫌がらせ。『消えろ』『クズ』『悪魔』『尻軽女』……この学園は、貴族の令息や令嬢が通う学園ではなかったのだろうか。

あまりにも幼稚《ようち》で、なんだか可愛く思えてきた。

「まあ、可哀想！　でも、自業自得ね」

わざとらしい言い方に、まったく可哀想だなんて思っていないのがわかる。

エイリーンは、ニヤニヤしながら自分の席に戻っていった。

机の悪口を消すのも面倒なので、そのまま席に座る。

「あの……これ、使ってください」

突然、可愛いコスモスの刺繍《ししゅう》が施されたハンカチを差し出された。

クラスメイトの女子生徒だ。ふわふわした癖《くせ》のある茶髪が可愛らしい。

「ありがとう……」

戸惑いながら、お礼を言う。

まさかエイリーン以外に、私に話しかけてくるクラスメイトがいるとは思わなかった。

彼女の名前は、ディアナ・セイナー。

すごく大人しい子で、話しかけてもいつもオドオドしていた。

そんな彼女が、今は私の目を見て話しかけてくれている。

「私、モニカ様のことを信じています！　こんなのおかしいです！」

今までの彼女とは印象が変わったけれど、彼女の言葉は素直に嬉しかった。

「このハンカチは、使えないわ。こんなに可愛らしいハンカチを汚してしまったら、もったいないもの」

彼女にハンカチを手渡し、笑顔を向ける。

「でも、机が……」

「こんなの気にしないから大丈夫。ありがとう、ディアナ」

「私の名前……覚えていてくださったのですね！」

私が名前を覚えていたことがよほど嬉しかったのか、ディアナは顔をくしゃくしゃにして笑った。

彼女がいつもオドオドしていたのは、私に憧れていたからだと話してくれた。

自分に憧れる要素があるとは思えないけれど、黒い瞳をきらきらさせながら私を見る眼差しに、嘘はなさそうだった。

「モニカ様は、こんな私に優しくしてくれました。私のセイナー家は、商人の父が一代で財を成し、男爵の位を賜《たまわ》った家ですから、金で爵位を買った成り上がりだと言って、伝統ある貴族の家に生まれた方々は私を嫌います。でも、モニカ様だけは違いました。私にも笑顔を向けてくれて、優しく手を差し伸べてくださった。そんなモニカ様が、サンドラ様に怪我《けが》をさせるなんてありえません！」

ここ数日、ディアナはお父様の仕事の都合で学園を休んでいた。それが久しぶりに学園に登校したらこんなことになっていて、驚いたそうだ。

全てを失ったと思っていたけれど、それは思い違いだったようだ。

こんな私を、信じてくれる人がふたりもいた。

「信じてくれてありがとう。クラスメイトなんだから、敬語はやめて。それと、『様』もいらないわ」

私たちは、すぐに打ち解けた。

どん底から救ってくれたアンソニー様と、諦めていた学園生活を取り戻してくれたディアナ。

屋敷での生活は変わらないけれど、学園に来るのが楽しくなっていった。

「モニカ、大丈夫？　なんだか、顔色が悪くない？」

ディアナは、心配そうに私の顔を覗《のぞ》き込んだ。

顔色が悪いことには、自分でも気づいていた。

昨日また、足の裏をムチで打たれた。たび重なる体罰《たいばつ》で、身体は悲鳴を上げている。

それでも必死に平静を装おうとしていたのだけれど、顔色までは隠せなかったようだ。

私は、学園を休むことが許されない。

一日でも休んでしまえば、父が学園に通わせてくれなくなる。

『一日も休んではならない』――それが、学園に通わせてもらう条件だった。

私にお金をかけたくない父は、本心では私を学園に通わせたくないと思っている。

なにか理由をつけて、退学させる機会を狙っているのだ。

「大丈夫。少し、疲れが溜まっているだけだから」

それは、嘘ではなかった。

一カ月後、学園祭が行われる。その準備で毎日忙しいのだ。

「ふん、サボりたいだけでしょう？　ろくに働いてもいないのに、なにが『疲れが溜まっている』よ。さっさと色を塗《ぬ》りなさい！」

エイリーンは、相変わらず絡んでくる。

ディアナと仲良くなってからは、余計に当たりが強くなった。

「働いていないのは、エイリーン様のほうではありませんか。なにもしないで突っ立っていられると邪魔ですので、どいてください」

ディアナはエイリーンをキッと睨《にら》みつけると、毅然《きぜん》とした態度でそう言った。

「なんなのよ！　前はあんなにオドオドしていたくせに、この私にそんな口をきいていいと思っているの⁉」

声を荒らげるエイリーンを無視して、素知らぬ顔で作業を続けるディアナ。

そんな光景を見ていると、なんだかおかしくなってしまった。

エイリーンが文句を言いながらも自分の仕事に戻っていったのを見て、私たちは顔を見合わせて笑った。エイリーンのことは、無視をするのが一番のようだ。

「これは私がやっておくから、モニカは帰って休んで」

「もう少しだから、最後までやらせて。心配してくれてありがとう」

屋敷に帰れば、また『奥様がお呼びです』と言われるだろう。

二日連続でムチ打ちはないだろうけれど、今はここでディアナと学園祭の準備をしていたい。


作業が終わると、あの裏庭に向かう。

どんなに疲れていても、身体がしんどくても、この場所にいると落ち着く。

それと……

「お疲れ」

この場所に来ると、アンソニー様に会えるから。

「学園祭の準備は、進んでいますか？」

最近わかったことは、アンソニー様はＡクラスだということ。私はＤクラスで、サンドラはＦクラスだ。

それから、ブラント公爵家の次男なのだという。屋敷から学園までは馬車で一時間ほどの距離だけれど、寮で生活している。ブラント公爵は、国王の弟君だ。

「君のクラスは、演劇だったよね。俺のクラスはクッキーを売るだけで、自由参加なんだ。君の演技、楽しみにしているよ」

彼は木に寄りかかって座り、私はいつものベンチに座りながら会話するのが日課になっていた。

「楽しみにしていただけるのは嬉しいのですが、私の役は『木』です。台詞《せりふ》もありません」

『木』なんて役は、最初はなかった。私への嫌がらせのために、わざわざ作られた役だ。

ちなみに私は『木A』で、ディアナは『木B』。

私のせいで、ディアナまで嫌がらせされることが我慢《がまん》できずに文句を言おうとしたら、「モニカと同じ役ができるなんて幸せ！」と止められた。私にはもったいないくらい、素敵な友人だ。

「可愛らしい『木』になりそうだな。なんならその『木』を攫《さら》ってしまいたいくらいだ」

彼の軽い言葉には、そろそろ慣れてきた。

嫌ではなかった。彼の言葉は、いつだって私のことを元気づけようとしてくれているから。

「そんな台詞《せりふ》、どこで覚えてくるのですか？　そのようなことばかりおっしゃっているから、ここで初めて会った時のように、女性に追いかけられたりするのですよ」

軽い言葉は、彼の優しさなのだろう。それをわかっていないと、勘違いする人もいる。

「それは心外だな。俺は、君にしか言っていない」

彼は立ち上がり、唇を尖《とが》らせながら文句を言った。

「はいはい」

こんな、なにげないやりとりが心地いい。

「つれないな。そうだ、これをやろう」

アンソニー様はポケットからパンを取り出し、私に向かって放り投げた。

「パン……ですか？」

「そんなガリガリで真っ青な顔をして、ろくに食事もしていないんだろう？　事情は、あの義姉を見ていればなんとなくわかる。……ただし、条件がある。二時間も並んで買ってきたから、味わって食べること！」

七年婚約していたルーファス様はまったく気づかなかったのに、知り合ったばかりのアンソニー様は気づいてくれた……。

「アンソニー様が、並んで買ってきてくださったのですか!?　もしかして、授業をサボる口実を作るために並びました？　……ありがとうございます。味わって食べます」

わざわざアンソニー様自身が並んで買ってきてくれたのは、彼の優しさなのだとわかっている。

けれど彼は、私に気を遣わせたくないのだろう。だから私も、その優しさに気づかないフリをして、おどけたように答えた。

一口食べると、ふわふわで柔《やわ》らかくて、とっても甘かった。

こんなに美味《おい》しいパンは初めてだと思うほど、美味《おい》しかった。

私がパンを頬張《ほおば》る姿を、アンソニー様は満足そうに微笑《ほほえ》みながら見ていた。

一カ月が経ち、いよいよ学園祭の日がやってきた。今年は、私にとって最後の学園祭。

色々あったけれど、ディアナという大切な友人ができて、この日を楽しみにしていた。

「準備は完璧ね！　モニカの木、まるで本物みたい」

「やるならとことんやらなきゃ！　ってことで、本格的な木にしてみたの。でも、顔を出す穴を少し広げないといけないみたい……」

最近私は、少し太った。といっても、ガリガリで骨と皮だけの身体に少し肉がついてくれた程度だけれど。

あの日から、アンソニー様は毎日差し入れをくれるようになった。

有名店のお菓子や、有名店のベーグル、有名店の干し肉に有名店のコロッケ……なぜ有名店にこだわるのか、と聞いてみたら、これは授業をサボる口実だから、と笑っていた。

それはやっぱり、私に気を遣わせないための優しさなのだ。

公爵令息が自ら店に並んで物を買うなんて、普通は考えられない。私のためにそこまでしてくれているのだと思うと、感謝で胸がいっぱいになる。

付き合わされる使用人には、申し訳ないけれど。それにしても、彼はいつ授業を受けているのだろうか……

そういう事情で、少し太った私には、木に開けた穴が小さすぎて顔が挟まってしまう。

「モニカ、最近綺麗になったよね。もしかして……恋？」

穴を大きくしようとハサミを入れていると、急にディアナがそう言った。

「恋……？　とは、違うと思う。好きか嫌いかと聞かれたら、好きではあるけれど」

急に恋なんて言われて、動揺《どうよう》してしまう。

アンソニー様には、辛い時に勇気づけてもらったけれど、恋とか愛なんてものは、まったく意識していなかった。

それに、どちらかというと、あれは餌付《えづ》けといったほうが正しいような？

「そっかあ……でも、好きな人ができたら教えてね。私、全力で応援する！　なんだか嬉しい。モニカとこんな話ができるようになるなんて。私ね、ずっと友達がいなかったし、ウジウジした性格だからみんなに嫌われていたの。でも、モニカと仲良くなれて、変われたのよ。だから、すっごく感謝してる！」

感謝しているのは、私のほうだ。ディアナの優しさに救われたし、学園に来るのが楽しくなった。

あの時、ものすごく勇気を出してくれたのもわかってる。

「ディアナ、大好きよ」

本当に、本当に大好き。

「モニカ……私も、大大大好き‼」

大粒の涙を流しながら、ディアナは抱きついてきた。

私は彼女が泣き止むまで、よしよしと背中を擦り続けた。

準備が整い、あとは本番を待つだけ。

講堂では、くじ引きで先の順番になった一年下の後輩たちの演劇が行われている。

あと一時間ほどで、私たちのクラスの番だ。

「ディアナ、ドレスが足りないの。倉庫から取ってきてちょうだい」

クラスメイトがディアナに用事を頼む声が聞こえた。少し違和感を覚えた私は、後を追いかけることにした。

「ディアナ、待って！　私も一緒に行くわ！」

私たちは倉庫に行き、頼まれたドレスを探す。

すると、背後でガチャッと音がした。

鍵の閉まる音だ。慌ててドアに走る。

「待って！　中に人がいるの！　閉めないで！」

ドアをドンドンと叩き、外に向かって叫ぶ。

「知っているわ。だから、鍵をかけたんですもの」

外から聞こえてきたのは、エイリーンの声だった。

やられた……私たちは、どうやら倉庫に閉じ込められたようだ。

「エイリーン、どうしてこんなことをするの？　あなたは、私が嫌いなのでしょう？　ディアナは関係ないわ！」

嫌がらせするにしても、こんなところに閉じ込めるなんてタチが悪い。嫌がらせされるのを前提に考えてしまう私の頭も、麻痺《まひ》しているのかもしれない。

「ディアナに用事を言いつけたら、モニカもついてくると思っていたわ。友達が大事だって顔をする偽善者ですもの。あなたが悪いのよ！　サンドラ様に、ルーファス様をとられたりするから！」

エイリーンの言っていることが、さっぱり理解できない。

友達を大切にするのが悪いことで、婚約者を奪《うば》われたのも私が悪いと言うのだろうか？

確かに、婚約者を奪《うば》われたのは私に魅力がなかったからなのかもしれない。

けれど、友達を大切にすることが悪いとは思わない。

「エイリーン様、本気でおっしゃっているのですか？　モニカは友達を大切にする人だと、わかっていたのですよね？　ずっと大切にされてきたエイリーン様なら、それが偽善でないことくらいわかっているはずです！　エイリーン様にとっても、モニカは大切な親友ではなかったのですか⁉」

ディアナは、私のために本気で怒ってくれていた。

彼女のほうこそ、友達を大切してくれている。

「私がモニカと仲良くなったのは、バーディ侯爵家と親しくしなさいと両親に言われたからよ。せっかく親友になれたのに、モニカが侯爵家を継がないならなんの意味もない！　あんな女に媚《こ》びを売らなきゃならない私の気持ちがわかる⁉　全部モニカのせいよ！」

エイリーンにとって私は、最初から友達ではなかったようだ。

「私のことが許せないのはわかったわ。謝れと言うなら謝るから、ディアナは出してあげて。彼女は関係ないでしょう？」

たとえここで私がバーディ侯爵家の当主なのだと告げても、エイリーンは信じないだろう。

あの日から、私の話なんて聞こうともしていないのだから。

ものすごく理不尽な理由だけれど、恨《うら》むなら私だけにしてほしかった。

ディアナまで、こんな目に遭わせたくない。

「嫌よ！　ディアナは私の親友を奪《うば》ったのだから、せいぜいふたりでいるといいわ。大丈夫よ、木の役なんていなくても誰も気にしないもの。そろそろ始まってしまうから、行くわね」

エイリーンの足音が、どんどん遠ざかっていく。

「待って！　お願いだから、行かないで‼　エイリーン⁉」

どんなに叫んでも、もう返事はなかった。

「ごめんね、ディアナ。私のせいで、こんなことになってしまって……」

「モニカのせいじゃない。エイリーン様がおかしいの！　『私の親友を奪《うば》ったのだから』なんて、よく言えるわ！」

……え？　そこ？

エイリーンのモノマネが上手すぎて、思わず噴き出してしまいそうになる。

ディアナはどんな時でも明るい。あんなにオドオドしていた彼女はもうどこにもいない。

私も、見習わなければ。

彼女は、私と仲良くなって変われたと言ってくれた。

それならディアナと友達になれた私も、きっと変われる。

もっと強くなろう。

なにをされても動じないくらいに。


「そろそろ、終わる頃かな？」

「結局、木の役はできなかったね」

木の役をやりたかったわけではないけれど、一生懸命作った木の被り物が無駄になってしまったのは悲しい。

そんなことを考えていたら、こちらに向かって近づいてくる足音が聞こえた。

私たちは顔を見合わせ、出せるだけの大声で叫んだ。

「助けてください!!」

「開けてください!!」

私たちの声が届いたのか、足音はドアの前で止まった。

「モニカ？　そこにいるのか？」

聞こえてきたのは、アンソニー様の声だった。

「アンソニー様!?　閉じ込められてしまったんです！　ここから出してください！」

彼の声を聞くと、心の底から安心した。

アンソニー様はすぐにドアの鍵を壊して、私たちを出してくれた。

「助かりました！　本当にありがとうございます。でも、どうしてここに？」

学園祭が終わっても、エイリーンが私たちを出してくれるとは限らない。

アンソニー様が来てくれなかったら、どれくらい閉じ込められていたか……考えただけで恐ろしい。

「君の演技を見るために講堂に行ったんだけど、『木』が見当たらなかったから、捜しに来たんだ。君たちの声が聞こえて、見つけることができた」

「本当に、見に来てくれたのですね……」

台詞《せりふ》はないと、言ったのに……

でも、わざわざ見に来てくれたのは素直に嬉しい。

「楽しみにしていると言ったはずだよ。それにしても、ずいぶん酷いことをされたね。あんなに頑張って準備していたのに、それを無駄にさせるなんて許せないな」

アンソニー様の声のトーンがいつもより少し低くなった。怒っているのだとわかる。

それに、額に汗が光っている。必死で捜してくれていたのだろう。

「ご心配をおかけして、申し訳ありません。せっかくの学園祭なのに、嫌な思いをさせてしまいました」

「こら！　人の心配ではなく、自分の心配をしろ！」

そう言いながら、アンソニー様は私の両頬《りょうほお》を軽くつまんだ。

「らにおするのれすか？　いひゃいれはのはりまれんか！」

なにをするのですか、痛いではありませんか！　と言おうとしたのがまったく言えていなかった。

彼は私の目を真っ直ぐ見つめながら、「……無事でよかった」と呟《つぶや》いた。

すごく心配してくれていたのだと伝わってくる。

「あの〜、そろそろ私も会話に参加してもよろしいでしょうか？」

ディアナの存在を忘れていたわけではなかったけれど、完全にアンソニー様しか見えていなかった。

……ディアナ、ごめん！

「すまない。君も無事でよかった」

アンソニー様の態度が少し変だ。

私には、出会った頃からあんなに軽かったのに、ディアナと話す彼は紳士のように見える。

「初めまして。モニカの友人の、ディアナ・セイナーです。モニカのためなら火の中水の中、空だって飛んでみせます！」

ディアナの自己紹介に、私たちは笑ってしまった。

あまりに真剣な顔で言うから、本当に空を飛べるのではとつい想像してしまったのだ。

「良い友人だな。俺はアンソニー。モニカの恋人だ」

「え……？」

思ってもみなかった言葉に、ディアナは硬直していた。

「ディアナ、彼はすぐ冗談を言うの。本気にしないで」

やっぱり、いつものアンソニー様だ。

「モニカに冗談を言ったことは一度もない。いつだって本気だ」

また冗談を……と思って彼の顔を見ると、真剣な目で私を見ていた。

頭がパニックになった。

彼は誰にでも優しくて、誰に対しても軽いのだと思っていた。

彼が他の誰かと話すところを見たわけではないけれど、初めて会った時の印象で、勝手にそう思っていた。

何度も、彼から軽い言葉を言われたことがあったのは事実だ。

けれど……

——私はずっと、勘違いをしていたの……？

今さら、今までのことを思い出して顔が赤くなる。

彼が言ったこと全てが本気だったのだと思うと……でも、やっぱり軽い!!

「と、とにかく、せっかくの学園祭なのだから、色々見て回りましょう！」

どういう態度をとったらいいのかわからず、私は顔が赤くなっているのを隠すように歩き出す。

ディアナはまだ状況が理解できていないままのようだったけれど、私のあとを追いかけてきてくれた。

アンソニー様は、私の反応を見てくすくすと笑いながらついてくる。先ほどまで真剣な顔をしていたのに、やっぱり本気なのか冗談なのかわからない。

彼の態度に振り回されながらも、学園祭を三人で楽しむことにした。

最初に講堂に行ってみたけれど、すでに他のクラスの公演が始まっていた。

講堂のゴミ箱には、私たちの作った木の被り物が捨ててあった。かなり大きい物だったから、ゴミ箱からはみ出していて、すぐに見つけることができた。

というより、捨てられているのを見せつけるためにわざとそうしたのかもしれない。

ディアナは、両親に見せたいから持ち帰るそうだ。私は持ち帰ったところで、きっと父か義母かサンドラに燃やされるだけだ。

その木の被り物を、アンソニー様が寮の部屋に飾りたいから欲しいと言い出した。

「そんな大きな物を飾るのですか？」

人の二倍の大きさはある。

「本当は君自身を攫《さら》ってしまいたいけど、今はこの被り物だけで我慢《がまん》するよ。いつか、中身も俺のものになってもらうから」

そう言って、アンソニー様は指先で私の額を、優しくツンとつついた。

本当に、どこでそんな台詞《せりふ》を覚えるのか……軽くて強引な彼に、翻弄《ほんろう》されっぱなしだ。

ディアナは被り物を講堂に残してきたけれど、アンソニー様はまた捨てられたら困るからと、大きな木の被り物を抱きかかえたまま、私たちは出店を見て回っていた。

私には、お金がない。見るだけで、買うことはできない。

ベンチで休んでいるからと言って、買いに行くふたりを送り出した。

屋台から漂《ただよ》ってくる美味《おい》しそうな匂いに、ぐううううううぅぅと、盛大にお腹が鳴った。

「モニカ、はい、アーンして？」

いつの間に戻ってきたのか、ディアナは自分が買ったお菓子を、私に食べさせようとしてくれた。

「ディアナ……」

なにも言わず、なにも聞かずに差し出してくれたお菓子。

ディアナの優しさに感動していると……

「ちょっと待った！　アーンは俺がする！」

どこから見つけてきたのか、紐《ひも》で被り物を背中に括《くく》りつけ、両手いっぱいに食べ物を抱えたアンソニー様がドヤ顔で立っていた。

その状態でドヤ顔されても……。それに、その状態でどうやってアーンをする気なのだろうか。

「私がします！　私は、モニカの親友です！」

「俺がする！　俺は、モニカの恋人だ！」

ふたりとも、なぜそんなことで喧嘩《けんか》しているのか……。それに私はまだ、アンソニー様の恋人ではないのだけれど。

「モニカ、このお菓子すごく美味《おい》しいから食べて！」

「モニカ、君が好きなもの全部買ってきた！」

気持ちは嬉しいけれど……

「自分で食べられます」

ディアナのお菓子と、アンソニー様が買ってきてくれた食べ物を奪《うば》い取り、交互に頬張《ほおば》った。

「アーン……したかった」

ディアナ……キャラが、大分変わってる。

ディアナは買ってきたお菓子を、もぐもぐと食べはじめた。

「仕方ない、我慢《がまん》するか。ほら、これも。たくさん食べて、俺好みになってもらわなくては」

その一言で、悲しい気持ちになってしまった。

アンソニー様もルーファス様と同じで、私の容姿に魅力がないと感じているのだろうか。

「骨と皮だけでは、美しくないですものね……」

自分の容姿に、いつの間にかコンプレックスを抱いていた。

「なにを言っている？　君は、初めて会った時から美しい。心の綺麗さが、容姿にも雰囲気にも現れている。『俺好み』と言ったのは、健康上のことだ。栄養不足で、今にも倒れてしまいそうなのはよくない。好きな人には、健康でいてもらいたいからな」

サラッと「好きな人」と言われ、心臓の音が大きくなる。

アンソニー様の言葉が、まるでお菓子のように甘く感じた。

心が綺麗だと言われ、容姿が美しいと言われ、好きな人だと言われ、ふにゃふにゃにとろけてしまいそうになる。

なにより、私のことを大切だと思ってくれていることが嬉しかった。

「だが最近さらに綺麗になってしまい、他の男がモニカをじっと見つめてるのが心配だ。健康的になるのは嬉しいが、不安な気持ちもある」

真っ直ぐ私を見つめるアンソニー様の瞳に、吸い込まれそうになってしまう。

「で、では、遠慮なく全部いただきますね。これも、あれも、こっちも美味《おい》しいです！　こんなに美味《おい》しいものに囲まれて、幸せすぎて夢じゃないかと思えてきました」

あまりに真っ直ぐな視線で見つめられ、動揺《どうよう》した気持ちを誤魔化《ごまか》すように次々に食べ物を口に運ぶ。

空腹だったお腹も心も、幸せな気持ちで満たされていく。

全てを失ったと思っていたのに、こんなに幸せで本当にいいのかと思えてくる。

気づくと、瞳から涙がこぼれ落ちていた。

「モニカ!?　どうしたの!?」

ディアナが心配そうに顔を覗《のぞ》き込む。

アンソニー様は、なにも言わずに私の前に立った。

見上げると、彼は天使のように優しく微笑《ほほえ》んでいた。

周りから見えないように、私を隠してくれている。背中に括《くく》りつけた木の被り物が大きくて、私のことをすっぽり包んでくれる。

その優しさに、さらに涙が溢れた。

泣きながら、ふたりが買ってきてくれたものを食べ終える。

それから、私たちはまた学園祭の出し物を見て回った。

閉じ込められはしたけれど、今日は本当に楽しい一日だった。


アンソニー様たちと別れ、帰りの馬車に向かおうとしていた時、誰かが私を呼び止めた。

ルーファス様だった。

「モニカ、君に話があるんだ」

ルーファス様は、申し訳なさそうに頭をかきながらそう言った。

今さら、どんな話があるというのだろうか。

「私には話すことなどありません。失礼します」

そのまま足を止めずに通り過ぎようとすると、腕を掴まれた。

「離してください」

ルーファス様の顔を見ても、胸が苦しくなることはなくなっていた。いつの間にか、彼への想いは消え去っていたようだ。

彼の手に力が入り、さらに強く掴んでくる。

「酷いことをしたと思ってる。だから、謝りたいんだ」

謝りたいと言いながら、痛いくらい強く腕を掴んでいる。

私はルーファス様の、なにが好きだったのだろうか。

彼の優しさは、上辺だけのものだとわかった。彼にとって私は特別な存在ではなく、単なるアクセサリーに過ぎなかった。

見栄えがよくて、触り心地がよかったら、この人はきっと誰でもいい。

「謝っていただかなくて結構ですから、もう私に関わらないでください」

彼の謝罪なんて必要ない。ルーファス様と婚約を破棄してから、辛いこともあったけれど、今はそれでよかったと思っている。

全てを失ったからこそ、本当に信頼できるふたりと知り合うことができたのだから。

「ちゃんと謝りたいんだ！　謝って、君ともう一度やり直したい！」

ルーファス様は、周りにいる生徒たちに聞こえるような大きな声でそう言った。

正直言って、大迷惑だ。

もちろん、やり直すつもりは天地がひっくり返っても絶対にない。

だけどこの話を他の生徒に聞かれた以上、サンドラが知るのは時間の問題だ。

サンドラに嫌がらせされるのも、義母にムチで打たれるのも、もう決まったようなものということだ。いつもより回数が増えるのも間違いない。

「今さら、どういうおつもりなのですか？　ルーファス様は、私に魅力がないと言って捨てました。それなのに、もう一度あなたを受け入れると思っているのでしょうか。もう私は、ルーファス様を愛していません」

ハッキリ自分の気持ちを告げても、罪悪感なんてなかった。むしろ、清々《すがすが》しい気持ちだった。

「そんな嘘をつく必要はないんだよ、モニカ。君が俺を愛していないはずがないじゃないか。君には、俺しかいないんだ。急に綺麗になったのは、俺とやり直すためだろう？　俺のためにそんな努力をしてくれたなんて感激だ！　君は元が美しいのだから、もっと努力すれば誰よりも綺麗になる。サンドラを突き飛ばして怪我《けが》をさせたのだって、それほど俺を愛していたからだ！　だから、俺のもとにいさせてあげるよ」

初めて、誰かを殴りたいと本気で思った。

大好きだったはずの屈託《くったく》のない笑顔が、余計に私を苛立《いらだ》たせる。

呆れ果てて、なにも言えずにルーファス様から視線を外すと、その後ろにサンドラが立っていた。全てを聞いていたのか、彼女の顔が悪魔のような形相になっている。

「ルーファス様……どういうおつもりなのですか？」

サンドラの震える声を聞いて、ルーファス様は振り返る。

怒りで震えているのか、悲しくて震えているのか……

「サンドラ、いたのか。ちょうどよかった。俺はモニカとやり直すよ。だから、別れてくれ」

頭が痛い。この人は、一体なんなのだろうか。

ころころと自分の都合で婚約者を替えられるほど、世の中は甘くない。

まだ使う気はないけれど、私は婚約を一方的に破棄すると記載された彼の署名入りの書類も持っている。

「私を愛しているとおっしゃったのは、嘘だったのですか!?」

少し意外だったのは、激怒すると思っていたサンドラが悲しそうに目に涙を浮かべていたことだ。それが演技なのか本気なのかは、私にはわからない。

けれど、これでムチ打ちが確定したことだけはわかった。

「仕方がないだろう？　やはり、モニカのほうが美しいのだから。君も色仕掛けで迫ってきたのだから、俺の気が変わることくらい予測できていたはずだ」

サンドラは、身体を使ってルーファス様を篭絡《ろうらく》したらしい。

そんなことをしたサンドラも最低だけれど、その誘いに簡単に乗っておいて、他の生徒の前でそれを暴露《ばくろ》した挙げ句、新しく婚約者に選んだ相手を捨てようとするルーファス様のほうが最低最悪だ。自分は悪くないとでも思っているのだろうか。

私たちの周りに、いつの間にか生徒たちが集まっていた。

私を見る目とサンドラを見る目が、今までとは違っていた。単純な人たち。

「ルーファス様は最低ですね。その誘いに乗って、七年婚約していた私を侮辱《ぶじょく》した挙げ句に婚約を破棄しておいて、やり直そう？　冗談じゃない！　あなたには愛される価値なんてありません。お気持ちをころころ変えるのはルーファス様の自由ですが、私を巻き込むのはやめてください！　私があなたを愛することは、この先一生ありません!!」

彼の腕を振り払い、馬車に向かって歩き出す。

楽しかった一日が台なしになってしまった。

今ものすごく、アンソニー様にお会いしたい。

屋敷に帰り、すぐに物置部屋に戻った。きっとサンドラが帰ってきたら、呼び出されるだろう。なにをされても、私は絶対に負けない。

一時間後。サンドラが帰ってくると、使用人が「奥様がお呼びです」と呼びに来た。使用人の顔が、今にも泣きそうになっている。

義母が、それほど怒っているということだろう。覚悟はしていたのだから、なにも怖くはない。

「わかったわ。心配しないで」と笑顔で答え、リビングに向かった。

「お呼びでしょうか？」

リビングに入った私は、いつものようにそう聞く。

義母はいつもソファーに座っているけれど、今日はすでにムチを持って台の前で待っていた。サンドラはソファーに座り、私を睨《にら》みつけている。

「ルーファス様を卑怯《ひきょう》な手で誘惑しておいて、よく平然としていられるわね。図々《ずうずう》しいにもほどがあるわ！　なにか言いたいことは？」

誘惑……それは、サンドラがしたことだと思うのだけれど。

「ありません」

なにを言ったって、信じないくせに。なにもしていなくても、サンドラや義母が正義で、私は悪だ。

「あるわけないわよね！　身体で男を誘惑するなんて、卑怯《ひきょう》な真似をしたのだから！　台の上に、うつ伏せになりなさい！」

私がなにも言わずに素直にうつ伏せになると、すぐにムチ打ちが始まった。

十回が終わっても、終わる気配がない。十五回打たれたところで、痛みで気を失った。私が目を覚ますのを待って、またムチ打ちが始まる。二十回、二十一回……また気を失う。そしてまた、目を覚ますのを待ってムチ打ちが始まる。二十二回……いつ終わるのか、いつまで続くのかわからないまま、歯を食いしばって痛みに耐える。三十回……ようやく、義母の手が止まった。そのまま私は、気を失った。

気がつくと、物置部屋にいた。痛みで、足を動かすことができない。おかしくなりそうなほどの痛みに耐えながら、横になって目を閉じる。

動けないのなら、少しでも身体を休ませようと思った。

明日も学園がある。休むわけにはいかないし、休みたくない。

朝になっても、痛みがひくことはなかった。それどころか、さらに酷くなっている。足の裏は熱を持ち、今までにないくらい腫《は》れ上がっている。

部屋の中に、井戸水を汲《く》んだ桶《おけ》が置いてあった。眠っている間に、使用人が運んできてくれたようだ。私のことは気にしないようにと命じていたのに……

　立ち上がろうとすると、激痛で膝から崩《くず》れ落ちて倒れてしまう。桶《おけ》の置いてある場所まで床を這《は》っていき、水で顔を洗い、身体を拭《ふ》く。

　何度も何度も、立ち上がろうとしては倒れることを繰り返しながら、掛けておいた制服をなんとか手に取った。着替えるのに、三十分もかかってしまった。

　なんとか気合いを入れて立ち上がり、壁に手をつきながら馬車に向かう。

　こんなんじゃダメだ。学園に着いたら、普通に歩かなければならない。

　甘えるのは玄関までと決め、もう一度気合いを入れ直す。

　玄関までが遠く感じて、焦《あせ》りが出てきた。

　もしも、玄関まで辿りつけなかったら、学園に行くのは諦めよう。この足のことを誰かに知られてしまったら、罰《ばつ》を受けるのはきっと使用人たちだ。私のワガママで、彼らが傷つくことは耐えられない。負けないと誓ったばかりなのに、気を失いそうなほどの痛みに、気持ちが折れそうになる。

　その時、急に身体がふわっと浮かび上がった。

　気づけば私は、なぜかシドに横抱きにされていた。

「シド？　なにをしているの⁉　おろして！」

　こんなところを父や義母やサンドラに見られたりしたら、シドがどんな目に遭わされるかわからない。

「ご無礼をお許しください。ですが、ご命令に従うつもりはありません。こんな状態で、歩けるはずがないではありませんか！　これ以上、見過ごすことはできません」

「もういいの。学園は、お休みするわ！　だから、おろして！」

もう二度と学園に行けなくなったとしても、十八歳になるまで物置部屋から一歩も出られなくなったとしても、使用人を守るのが当主である私の務めだ。

彼らを守るためなら、私はなんだってする。

「最近、モニカ様の笑顔が増えていました。信頼できるご友人が、できたのでしょう。学園には、登校していただきます」

私がなにを言ってもシドはそれ以上口を開かず、いつの間にか馬車に乗せられていた。足を気遣うように、馬車はゆっくりと走っていく。

力のない自分に、腹が立ってくる。

馬車が学園に到着すると、シドがまた私を抱きかかえた。

「シド!?　自分で歩けるわ！　おろして！」

しっかりと私を抱き上げ、どんなに暴れても離してくれない。他の生徒たちは、何事かと私たちを見ている。

「モニカ？　どうしたんだ？」

私の名前を呼ぶ声。それは、会いたいと思っていたアンソニー様の声だった。

「お初にお目にかかります。私はバーディ侯爵家の使用人のシドと申します。いきなりのお願いで恐縮なのですが、モニカ様を医務室にお連れいただけますでしょうか？」

「わかった」

「ちょっ！　待って！　私の意見は⁉」

理由も聞かず、すぐに了承するアンソニー様。

シドの腕の中から、アンソニー様の腕の中に……。こんなかたちでアンソニー様に触れられるなんて、思ってもみなかった。

「モニカ様を見つめるあなた様の目を見て、安心してお任せできるお相手だと判断いたしました。モニカ様を、よろしくお願いいたします」

相変わらず、私の意見なんて聞かずに話が進んでいく。

「モニカのことは、任せてくれ」

シドは丁寧に頭を下げて、馬車に戻っていった。

「さて。任されたことだし、攫《さら》って帰るか」

こんな妙な状況でも変わらない彼に、少しだけ気持ちが軽くなる。

私を抱き上げたまま、彼の足はしっかりと医務室に向かっていた。人目を気にせずに、私を横抱きにしながら堂々と歩く。

「……なにも、お聞きにならないのですか？」

使用人に抱きかかえられて登校するなんて、明らかにおかしい。

それなのにアンソニー様は、なにも聞かずに私を医務室に連れていこうとしている。

「聞いたら、答えてくれるの？」

そういえば、彼は今までも、私になにも聞こうとはしなかった。

なにも聞かずにただ元気づけ、私の身体が心配だからと食べ物を買ってきてくれた。

私はアンソニー様になにもしてあげられていない。それなのに、どれほど彼に救われてきただろう。

「本気で知りたいとおっしゃるのでしたら、全てをお話しします」

私の答えを聞いて、彼は視線を前に向けたまま微笑《ほほえ》んだ。

医務室に到着すると、ゆっくりベッドに下ろされた。

「君の温もりが名残惜《なごりお》しいけど、仕方ない」

本当に、名残惜《なごりお》しそうな顔をしている。

「どうしました？」

ベッドに横になる私に、先生が声をかける。学園の医務室には、お医者様が常時待機している。

生徒が怪我《けが》や病気をした時、すぐに対処できるような優秀なお医者様だ。

なにも答えなくても、先生はすぐに私の足の異変に気がついた。といっても、腫《は》れ上がった足で靴がパンパンになっているのだから、気づかれないわけがなかったのだけれど。

もちろん、アンソニー様も気づいている。なにも語らず、私の腫《は》れた足をジッと見つめていた。

「靴を、脱がせますね」

そっと靴を脱がされただけでも、強烈な痛みが走る。

それに気づいた先生が、先に痛み止めを飲むようにと薬を渡してくれた。

「ありがとうございます」

ムチで打たれるようになってから、痛み止めを飲むのは初めてだった。

痛み止めは、すぐに効いた。まだ痛みはあるけれど、失神してしまうほどではない。薬が効いたのを確認してから、先生がゆっくりと私の靴下を脱がせる。靴下には、血なのか皮膚なのか、それらが混ざったものかわからないほどぐちゃぐちゃしたものが張りついていた。

「これは……酷い……」

先生は、傷口を見て絶句した。アンソニー様は、真っ赤になるほど拳を握りしめて震えている。ものすごく、怒っているのだとわかる。それでも彼は、治療の邪魔をしないように必死に耐えているのだと思う。

「……ムチで打たれた傷ですね。以前、ムチで打たれた罪人の治療をしたことがあります。しかし、こんなに酷い傷口は初めてです。長年、何度も何度も……古い傷口が治らないうちに、新しい傷が増えていっている。耐え難《がた》いほどの痛みがあったはず……こんな状況で、これまでよく登校できていましたね」

先生が傷口のことを言うたびに、アンソニー様の表情が険しくなる。握りしめた拳には、血が滲《にじ》んでいた。

「アンソニー様、手を握っていてくれませんか？」

手を差し出すと、彼は悲しそうに微笑《ほほえ》み、私の隣に移動して、手を握ってくれた。

「膿《うみ》が出ていないのが、唯一の救いですね」

先生は化膿《かのう》止めの薬を塗《ぬ》ると、包帯を巻き、痛み止めも新しく出してくれた。そして「授業が終わるまで医務室で休んでいるように」と告げて、医務室から出ていった。

「気づいてあげられなくて、すまない。食事をもらえていないのだろうとは思っていたが、ここまで酷い目に遭っていたとは、思いもしなかった……」

思い詰めたような表情で私を見つめる彼に、胸が締めつけられる。

彼はなにも悪くないのに、責任を感じているようだった。

「どうして謝るのですか？　私は、アンソニー様に救われました。……これまで気づかなかったというのなら、それはきっと、私の演技が上手かったからですね」

私はアンソニー様に、全てをお話しすることにした。

母が亡くなり、義母とサンドラが屋敷に来た時のこと。先ほど、先生がおっしゃっていたように、何度も『躾《しつけ》』と称してムチを打たれたこと。私が我慢《がまん》しなければ、使用人が罰《ばつ》を受けてしまうこと。

そして食事や住んでいる部屋、どんな扱いを受けているかも、全て包み隠さず話した。

話している間も、アンソニー様はずっと手を握ってくれていた。

「屋敷に帰る必要はない。寮で暮らせばいい。モニカをこんな目に遭わせた夫人は、兵に連行され、取り調べを受けることになるだろう」

「その通りだ」

アンソニー様と話をしていると、入り口のドアが開き、治療してくださった先生と一緒に学園長が入ってきた。

「すまない、盗み聞きをするつもりはなかったのだが……。侯爵家の問題に我々が口出しする権利はないが、我が校の生徒がこれほどまでに傷つけられたとなれば、見過ごすことはできない。彼の言う通り、夫人のことは兵に知らせる。君は、卒業まで寮で暮らすといい」

そうできたら、どんなにいいだろうか……けれど、私は逃げないと決めたのだ。

自分がしたことの責任は、取るべきだ。

だから私も、責任を取らなければいけないことがある。

母が亡くなった翌日、父は私に会いに来た。

そして書類に署名をさせると、母の葬儀《そうぎ》にも出ずに愛人《シンシア》のもとへ帰っていった。

その頃の私は真実を知らず、父は仕事が忙しいから屋敷に帰れないのだと思っていた。だから、なんの疑問も持たずに署名してしまったのだ。

その書類には、『生涯、父であるランドルフに従う』と記されていた。

父は最初から、私に当主の権利を返す気などなかったのだ。

その時すでに私は、母から爵位を継いでいた。その書類がどれだけ重要なものであるか気づけなかったのは、私の落ち度だ。子供だったからわからなかった、では済まされないミスを犯してしまった。

あの書類を奪《うば》い、父から権利を取り戻さなければいけない。

執事のロベルトが父から書類を奪《うば》うために動いてくれているのだけれど、未だに手に入れられずにいる。

私が寮に入り、義母が連行されてしまえば、父はさらに慎重《しんちょう》になり、書類を見つけ出すことが困難になるかもしれない。

それに義母が連行されたとしても、屋敷にはサンドラがいる。私が寮に入ってしまえば、怒りに我を忘れたサンドラが使用人たちになにをするかわからない。

私の話を聞きながら、アンソニー様の表情が険しくなっていく。

「お願いします……通報するのはやめてください。寮に入るつもりはありません。あと数カ月は、なにも知らなかったことにしていただけませんか？」

「こんな目に遭わされているというのに、また屋敷に戻るつもりなのか⁉」

アンソニー様の表情がさらに険しくなり、眉間にシワが寄る。

「私は、これでもバーディ侯爵家の当主です。逃げるつもりはありません」

「そのような目に遭っているというのに、我々にはなにもできないのか……」

学園長も、先生も、本気で心配してくれているのがわかる。

私は、誰も信用してこなかった。母が亡くなり、父に騙《だま》されたと知った時、世界の全てが敵のように思えていた。

自分ひとりで耐え続ければこの地獄もいずれ終わると考え、いつしか誰かに頼るという選択肢を消してしまったのだ。

私が信用できたのは、幼い頃から一緒に暮らしてきた使用人たちだけだった。

けれど今、こんな風に私の心配をしてくれる大人がいてくれる。

頑《かたく》なだった心がとかされていく。

「このまま、黙って見ているつもりはない。モニカのことは、俺が守る。これ以上、傷つけさせはしない」

アンソニー様は、真っ直ぐ私の目を見てそう宣言した。

真っ暗な闇に灯りがともされたような、そんな感覚。

なにもなかったはずの私に、心を許せる相手ができた。

不思議と、なにがあっても大丈夫な気がする。


その日、アンソニー様が屋敷に送り届けてくれた。

ブラント公爵家のご子息が急に屋敷に現れたことで、義母は慌てて出迎えに来た。

アンソニー様がブラント公爵家だと知った時は、私も驚いた。ブラント公爵の名を知らない人間は、この国にはいないからだ。アンソニー様の父であるブラント公爵は王弟殿下というだけでなく、国を救った英雄でもった。

「まあ、よくいらしてくださいました！　お茶でもいかがでしょう？」

私のことは目に入っていないのか、義母はアンソニー様だけに視線を向けてお茶に誘う。

義母の表情は笑顔だけれど、なぜか少しだけ違和感を覚えた。

まさかあの義母が、緊張しているのだろうか。

「そうですか、それではお言葉に甘えて」

彼は満面の笑みを浮かべながら誘いに乗った。

この笑顔が、私は恐ろしい。

笑顔の奥で、ものすごく怒っているのだとわかっているからだ。

義母は、アンソニー様をリビングにお通しした。

アンソニー様がソファーに座り、その隣に私が座る。

その時、義母の視線がやっと私をとらえた。

『なぜお前がここにいる⁉』とでも思っているのか、キッと睨《にら》みつけられた。しかしアンソニー様に気づかれないように、その目はすぐに穏やかになる。

リビングのソファーに座るのは、いつぶりだろうか。

母が生きていた頃は、このソファーでよく本を読んでいた。その時の記憶がよみがえり、思い出までは奪《うば》われていなかったのだと安心する。

使用人がお茶を用意すると、義母は使用人を叱りつけた。

「遅いじゃない！　いつまで時間がかかっているの⁉　大切なお客様だと言ったはずよ⁉」

特に遅かったわけではなかったが、こうして叱責することでお客様をどれだけ重要な存在として扱おうとしているかを主張したいのだろうか。その『大切なお客様』の前で使用人を叱りつけることを恥だとは考えないところが、義母らしい。

「ずいぶんと、横暴な方ですね」

笑顔を崩《くず》すことなく、アンソニー様は義母に向かってそう言った。

「え……？」

義母は、大切なお客様だと強調したくて使用人をわざと叱りつけた。それを否定されるとは、思っていなかったようだ。

「私がここに来たのは、あなたのパフォーマンスを見るためではありません。この屋敷を訪れてから、あなたがまったく触れようとしないモニカのことで来たんです」

笑顔のまま話す彼が、ものすごく怖い。じわじわ恐怖を与えるには充分だった。

「モ……ニカが、どうかいたしましたか？」

顔色をうかがうようにそう質問し、義母はお茶を飲もうとカップを持ち上げる。口元にカップを運ぼうとしているけれど、手が震えてうまくいかないようだ。

「とぼけるおつもりですか？　彼女の足を見ました。よくもこんな残酷な真似ができますね。モニカは、私の大切な女性です。これ以上彼女が傷つけられるようなことがあれば、私は絶対に許しません。ご理解いただけましたか？」

顔は笑顔なのに、目がまったく笑っていない。義母も、ようやくそのことに気づいたようだ。

持っていたカップを置き、真っ青な顔でアンソニー様を見る。

「ご、誤解です！　私はモニカを、愛しています！　その傷は、躾《しつけ》です！　モニカを大切にしているからこそ……」

「黙れ」

とても静かで、地を這《は》うような低い声。

彼の顔から、笑みが消えた。

「お前のような者が親になる資格はない。もう二度と、彼女に指一本触れることは許さない。使用人たちにもだ。俺は毎日、モニカを迎えに来る。万が一、お前が彼女を傷つけたらどうなるか……わかるな？」

義母は恐怖で声を発することもできず、ただ、コクコクと頷《うなず》いている。

それほど、アンソニー様には威圧感があった。彼の知らない一面を見たような気がしていた。

「わかっていただけたようで、安心しました。お茶、ご馳走様《ちそうさま》です。そろそろ失礼します」

先ほどとは、まるで別人のような笑顔を見せるアンソニー様。逆に、恐怖が増す。

私はソファーから立ち上がり、アンソニー様を玄関までお見送りした。

痛み止めが効いているからか、彼のおかげでひとりじゃないと思えたからかはわからないけれど、足の痛みはそれほど感じなかった。

「今日は、本当にありがとうございました。義母のあんな怯《おび》えた顔を見たのは、初めてでした。使用人のことも気遣ってくださり、とても嬉しかったです」

彼の印象が、ころころと変わっていく。

最初は軽い印象だったはずなのに、いつの間にか目が離せなくなっていた。

「約束してくれ。なにかあったら、すぐに俺に言うこと。ひとりで耐えようとなんてするな。なにがあっても俺が守るから。見送りはいいから、そろそろ休め。痛み止めが効いているとはいえ、まだ痛むだろう？　また明日な」

自分が誰かに守られる存在になるなんて、思いもしなかった。

私がやらなければ、私が耐えなければ、私が……と、ずっと思ってきた。

それがアンソニー様に出会って、誰かに頼ってもいいのかもしれないと思えるようになった。

本当に、不思議な人。

「わかりました、お約束します。これからは、なんでもお話ししますね。また明日、お待ちしております」

名残惜《なごりお》しそうに帰っていく彼は、何度も振り返って「早く部屋に行け」と言いながら、手を振っていた。

『大切な女性』という言葉が、頭から離れない。私にとっても、アンソニー様は誰よりも大切な人になっていた。

部屋に戻ろうと屋敷の中に入ると、玄関の前に使用人がズラッと並んでいた。

「私たちは、これ以上我慢《がまん》することができません」

「モニカ様が傷つけられるのを、黙って見ているなんて、死ねと言われるより辛かったです」

「モニカ様のご命令が絶対なのは理解しています。ですが、私たちにとって大切なのはモニカ様です。ご命令に背《そむ》くことをお許しください」

みんなが傷つけられることは、私にとって耐え難《がた》い苦痛だった。けれど、みんなの気持ちをきちんと考えていなかったようだ。

私が辛いと思うように、みんなに辛い思いをさせていた。

「みんな、ごめんね。私に力がないせいで、みんなに辛い思いをさせてしまって……」

あの様子を見る限り、義母がなにかしてくることはないだろう。

その時、玄関のドアが開いた。

「騒《さわ》がしいと思ったら、こんなところでなにをしているの？」

サンドラが帰宅し、状況がわからず困惑している。その声を聞いて、義母が慌てて玄関にやってきた。

「ああ、お帰り、サンドラ。さあ、早く着替えてきなさい！」

サンドラが私になにかしないかと恐れているようだ。

間違いない。義母はもう、私たちには手を出さない。

「お母様、ただいま。これは一体なんの騒《さわ》ぎなの？　そうそう、聞いて！　モニカったら今日……」

「やめなさい！　いいから、部屋に行きなさい！」

義母はサンドラの話を遮《さえぎ》り、私たちを一切見ることなく部屋へ連れていった。サンドラは戸惑いながらも、義母についていく。

アンソニー様がよほど恐ろしかったのか、ブラント公爵が恐ろしいのか、それとも自分がしたことを他人に知られたのが恐ろしいのかはわからないけれど、そんなのどうでもよかった。

義母から解放された喜びのほうが、勝っていたのだ。

義母の態度に、使用人たちがポカンと口を開ける。私と使用人が仲良くすることをあれほど嫌悪《けんお》していた義母が、なにも言わずにいなくなったことが不思議で仕方ないのだろう。

「お義母《かあ》様はもう、なにも言わないと思う。みんなへの体罰《たいばつ》も、なくなる。だから、安心して大丈夫だと思う」

義母はきっと、今日のことを父には話さない。義母といる時の父の口癖《くちぐせ》は、「問題を起こすな」だ。今までの傷と違って、あの傷は『躾《しつけ》』では言い逃れできない。自分がしたことが他の人に知られてしまったなんて、話せるはずがなかった。全て、アンソニー様のおかげだ。

「お父様には知られないようにして。今まで通り、お父様に忠実でいてほしい」

義母が父に話さないのは好都合だ。アンソニー様は、それもわかっていて義母を追い詰めたのだと思う。

「かしこまりました！」

「長い間、悪い夢を見ていたような気がします……」

悪い夢……もうすぐ、なにもかもが終わる。

ここからは、私も動く。

今までは自由を制限され、使用人と話すこともできなかったけれど、これからは違う。

悪夢から抜け出せる、光が見えた。

書類を手に入れて、私は私の権利を取り戻す。

部屋に戻って着替えを済ませると、昼食が運ばれてきた。温かい食事だ。

使用人たちが私の食事を用意しても、義母はなにも言わなかったそうだ。

「わあ！　すごく美味《おい》しそう！」

焼きたてのパンに、温かい野菜スープ。私の大好きな、鳥の香草焼きまでついている。

こんな風に食事をするのは、本当に久しぶりだ。

テーブルはないから、床に座って食事をいただく。マナーもなにもあったものではないけれど、こんな風に食事をしても、誰に叱られる心配もない。

「美味《おい》しい……」

スープをスプーンで掬《すく》い口に入れると、心まで温まる。

朝食と夕食は、いつも通りにしてほしいと使用人たちにお願いした。といっても、朝食は抜きで夕食は硬いパン一個なのだけれど。

父に知られるリスクを考えると、そうしたほうがいいと思った。

父が当主代理になった時、他の貴族たちは父を見下した。子爵家の五男だった父に侯爵家の仕事ができるはずがない、と。身分以前に、なにもしないで愛人のところに入り浸《びた》っていたのだから、そう言われるのも仕方ない。

そんな父に当主代理としての仕事を教えたのは、ロベルトだった。

けれどロベルトがいないとなにもできなかった父が、一年ほど前からひとりで仕事をするようになった。帰りが遅くなってきたのも、その時からだ。

バーディ侯爵家は、三つの領地を治めている。領地で集めた税が、ロベルトの調べによると、去年よりもかなり少なくなっているらしい。

それを聞いた時、直感的に、父が横領《おうりょう》しているのだと思った。

書類を手に入れたいというのも本心だけれど、それと同じくらい、不正の証拠を見つけ出したい。バーディ侯爵家が守ってきた土地や人々を守る義務が、私にはあるのだ。

証拠がない以上、憶測《おくそく》だけで他人に話すことはできない。けれど、私は確信していた。私の食事代はもったいないと言いながら、自分たちは贅沢《ぜいたく》することが大好きな人たちだからだ。

代理という立場では、あまり大きなお金を動かすことはできない。だから、これまで私にかかるお金を削《けず》ってきた。それでも足りなくなったのだろう。

どんな仕打ちを受けても、それだけでは父をこんなに恨《うら》んだりはしない。

私が許せないのは、母が病気になった時に、父がそばにいなかったことだ。

あんな父でも、母は愛していたのに。

そして母が亡くなってしばらく経った頃、父は私に言った。『お前は母親そっくりだ。領民など金を出す道具だと言ったら、あの女もそんな目で私を見ていたよ。私はその目が大嫌いだった。病気で死んでいなかったら、私が殺したかったくらいだ』と。

あの時から、私はあの人を父親だなんて思っていない。

翌朝、アンソニー様が玄関まで迎えに来てくれた。

義母がなにを言ったのかは知らないけれど、あれからサンドラはなにも言ってこない。

「おはよう」

朝から、爽《さわ》やかな笑顔が眩《まぶ》しい。

「おはようございます」

挨拶《あいさつ》をすると、彼は私の手を取って歩き出す。強引なところも、嫌いじゃない……というより、そんな彼に惹《ひ》かれている。

馬車に乗り込むと、包みを渡された。

「これは？」

「開けてみて」

包みを開けると、中には不格好なサンドイッチが入っていた。どう見ても手作りだ。だから、すぐにわかった。これは、アンソニー様の手作りなのだと。

「作ってくださったのですか？」

「朝から店は空いてないし、使用人に頼むのも違う気がして。食べてくれたら、嬉しい……」

照れたように頭をかきながら、頬《ほお》を赤く染めているアンソニー様。

私のために一生懸命作ってくれたのだと伝わってくる。

「ありがとうございます！　いただきます！」

サンドイッチをひとつ取り、口に運ぶ。

一口食べると、ものすごくしょっぱかった。野菜はシナシナで、お肉は焦《こ》げて真っ黒。味付けは塩のみで、それが大量にかかっていた。

一口食べた状態のまま固まる私を見て、慌ててアンソニー様もサンドイッチを一口食べる。

「なんだこれは⁉　ご、ごめん‼　こんなまずいもの、食べなくていいから‼」

アンソニー様は持っているサンドイッチを取り上げようと手を伸ばしてきたけれど、私は取り上げられる前に一気に口の中に入れた。

「モニカ⁉」

「……まずいです。ものすごくまずい。でも、すごく美味《おい》しい……」

彼の気持ちが、なにより嬉しかった。私のために早起きして作ってくれたサンドイッチを、捨てたりなんかしたくない。

彼が止めるのも聞かず、次々とサンドイッチを平らげる。食べ終わると、アンソニー様に笑顔を向けた。

「ご馳走様《ちそうさま》でした」

とってもまずかったけれど、とっても幸せだった。

「気分を悪くしてないか⁉　あんなまずいものを食べさせて、本当にすまない！」

心配そうに顔を覗《のぞ》き込む彼。体調が悪くなっても構わない。

「謝らないでください。こんなに心のこもった贈り物をいただいたのは、生まれて初めてです」

彼はいつも、私に幸せをくれる。だからこそ、彼のことが知りたい。

「お願いがあります。アンソニー様のことを、教えてくれませんか？」

私は、ほとんど彼のことを知らない。彼の全てを、知りたかった。

「君のことは聞いたのに、俺のことを話さないのは不公平だね。……なんて。本当は俺も、君に全部知ってほしかったんだ」

彼の瞳が、悲しそうに揺れた気がした。話したかったけれど、話すのが辛い……そんな風に見える。

私はなにも言わずに、彼の手に自分の手を重ねて微笑《ほほえ》んだ。彼は少し戸惑って、それから、口を開いた。

「俺は、化け物なんだ……」

そう言ったアンソニー様の声は、震えていた。

アンソニー様の父であるブラント公爵は、隣国との不利な戦いに勝利したことで、国を救った英雄となった。だが、それが当時十二歳だったアンソニー様の人生を大きく変えた。

この国にスパイとして潜んでいた隣国の残党が、自国を敗北させたブラント公爵に恨《うら》みを抱いた。

そして、ブラント公爵邸を襲撃《しゅうげき》したのだ。

公爵はその頃、戦場から戻ってきておらず、屋敷にいたのは夫人と子供たちだけ。もちろん護衛はいたのだけれど、死をも恐れぬ襲撃犯《しゅうげきはん》に、ほとんどが倒された。

夫人は子供たちを背中に庇《かば》い、使い慣れない剣を持ち、襲撃犯《しゅうげきはん》と対峙《たいじ》した。

「母は、俺の前で襲撃犯《しゅうげきはん》に斬られた。その瞬間、俺は母が持っていた剣を拾い、襲撃犯《しゅうげきはん》に斬りかかった」

襲撃犯《しゅうげきはん》の人数は、二十人弱。アンソニー様は、たった十二歳で襲撃犯《しゅうげきはん》を皆殺しにした。

「俺の手は、血で汚れている。あれ以来、剣を持つことをやめた」

幸い、夫人は命を取り留めたが、襲撃犯《しゅうげきはん》は誰ひとり息をしていなかったそうだ。

その後、長男のマーク様よりもアンソニー様のほうが次期ブラント公爵にふさわしいという声が上がりはじめた。アンソニー様よりふたつ年上のマーク様は、襲撃《しゅうげき》された時に恐怖からなにもできなかったからだ。

けれど、アンソニー様は兄の代わりになりたいなどとは望まなかった。「継ぐ気はない」とハッキリ告げ、屋敷を出て学園の寮に入ったのだそうだ。

彼は、十二歳で心に深い闇を抱えることとなった。

「アンソニー様は、化け物なんかではありません。ただ、大切な人を守ろうとしただけです。この手は、とても綺麗ですよ。私は、この温かい手が大好きです」

重ねた手に、力を込める。

アンソニー様の気持ちが、私にはわかる。

大切な人を守るためなら、自分が血を流すことを選んだのだから。悪魔にだって、なってみせる。

そうして私は、自分が血を流すことを選んだのだから。

彼が、私に言ってくれた言葉を思い出す。

『なにも悪いことをしていないのなら、君が消える必要はないんじゃないか？』という言葉。彼は、自分が悪いと思っている。だから、屋敷を出て学園の寮に入ったのだろう。

「……君の言葉は、まるで魔法のように俺の心を癒《いや》してくれる」

「それは私の台詞《せりふ》です。何度、アンソニー様に癒《いや》され、救われたと思っているのですか？　アンソニー様は、なにも悪いことはしていません。これ以上、ご自分を責めるのはおやめください」

そういうと、彼はようやく笑顔を見せてくれた。

そんな彼に、ますます惹《ひ》かれていた。彼の心が、少しでも軽くなれていたら嬉しい。

ブラント公爵邸襲撃《しゅうげき》の事実を知るのは、一部の貴族だけだそうだ。

私は今まで、襲撃犯《しゅうげきはん》の腕には、紋章のような模様が刻まれていたらしい。燃え盛る青い炎に、剣を突き刺した模様のタトゥー。そのタトゥーが、今でもアンソニー様の目に焼きついているという。

私は今まで、なにも知らなかった。いつも明るかったアンソニー様が抱えていた闇に、気づいてあげられなかった。

そう思った時、ムチで打たれた私の足を見た時のアンソニー様の気持ちが、少しだけわかったような気がした。


学園に到着すると、私たちがふたりで馬車から降りてきたところを見て、生徒たちがザワつきはじめた。

普通、一緒に登校するのは婚約者同士の場合が多い。ましてや、アンソニー様は寮に住んでいるのだ。私の事情を、生徒たちは知らない。わざわざ迎えに行くなんて、特別な関係でないとありえないと思うだろう。

それに、昨日は抱きかかえられていたし……

いつもと違う羨望《せんぼう》の眼差しを向けられて、なんだか居心地が悪くなる。

初めて会った時からわかっていたけれど、女子生徒に追いかけられるくらい彼は人気があるのだ。

「アンソニー様と一緒に登校するなんて、羨《うらや》ましい！」

「どうしてアンソニー様がモニカ様と……？」

「ずっと憧れていたのに、まさか婚約してしまったの⁉」

「ルーファス様では、勝てないでしょうね」

生徒たちの中に、ルーファス様の姿があった。彼はものすごい形相で私たちを睨《にら》んでいる。敵意をむき出しにする彼を、私は睨《にら》み返した。

ルーファス様に睨《にら》まれるようなことはしていない。全ては、彼の自業自得だ。薄っぺらい愛情しか持てない彼に、誰かを愛する資格なんてない。

先日あれだけの醜態《しゅうたい》を晒《さら》した以上、新しい婚約者を見つけるのは難しいだろう。婚約していても色仕掛けに負けて簡単に浮気をする上に、婚約まで破棄してしまうような人なんて、誰も婚約したいとは思わない。

ルーファス様を睨《にら》みつけた私を見て、アンソニー様はくすくすと笑っていた。

アンソニー様は、教室まで送ってくれた。私の足を気遣いながら歩いてくれる彼が、化け物のはずがない。彼は、誰よりも優しい心の持ち主だ。

「モニカ！　昨日はどうしたの？　心配したよ……」

私の姿を見たディアナが、ものすごい勢いで駆け寄ってきた。それを見たアンソニー様は苦笑いしながら手を振って、自分の教室に向かっていった。

昨日はあのまま帰ってしまったから、ディアナに事情を説明できなかった。ディアナにも、全て話そうと思っている。

「ごめんね、心配かけて。放課後、話したいことがあるのだけれど、時間をもらえるかしら？」

もう、大切な人に隠し事はしないと決めた。なにも話さずに心配かけるくらいなら、全てをわかっていてもらいたい。

「ええ、もちろん！」

ディアナの笑顔を見ると、自然と私も笑顔になれる。

教室に、エイリーンの姿はない。いつも私より早く登校しているのに、今日は彼女の嫌味がないまま授業が始まった。

一時間目が終わった頃、エイリーンはようやく姿を現したけれど、いつものような攻撃をしてこない。それどころか、目も合わせようとしない。

「今日のエイリーン様、変だと思わない？」

ディアナも、同じことを思っていたようだ。一時間目の授業をサボったことも、エイリーンらしくない。

「そうね……なにも起こらなければいいのだけれど……」

放課後、アンソニー様とディアナと一緒に、あの場所へ向かった。

ベンチに座り、父のことや義母のこと、そしてサンドラのことをディアナに話す。ディアナは全て聞き終わると、私の手を握って涙を流した。

「こんなの、酷すぎる！　身体は大丈夫なの⁉」

「少し痛みはあるけれど、痛み止めが効いているから大丈夫。それにね、アンソニー様がガツンと言ってくださったから、もうムチで打たれることはないと思う」

「アンソニー様は、本当にモニカがお好きなのですね。私も負けないわ！」

なぜか張り合おうとするディアナを、アンソニー様は「かかってこい」と言わんばかりの顔で挑発していた。

父の不正についてなにか手がかりがないか、ディアナが商人の幅広い人脈を使って調べてくれることになった。

そんなつもりで話したわけではなかったけれど、「私にやらせて！」と食い気味で言ってくれたのだ。きっと叩けばホコリが出るからと、目を輝かせていた。

とても助かるし、なにより彼女の気持ちが嬉しかった。


それから一カ月半が経ち、平和な日々が続いていた。

まだ調査に特別な進展はないけれど、契約書の保管場所は予想がついた。

執務室の隠し金庫だ。

ただ、鍵がない。契約書を手に入れるためには、鍵を奪《うば》わなければならないということだ。その鍵は父が肌身離さず持っているから、鍵を奪《うば》うためには屋敷にいる時を狙うしかない。

留守にしがちな父だが、サンドラの誕生日パーティーを開く時はずっと屋敷にいるはずだ。普段は父に近寄ることさえできないけれど、パーティーで浮かれるその日が最大のチャンスになる。

学園から帰ると、珍しく父が帰ってきていた。

しかも、もっと珍しいことに、私に話しかけてきた。

「モニカ、待ちなさい。話がある。リビングに来なさい」

話とは、一体なんなのだろうか。まさか、義母が話した？　いや、それはない。

話すとしたら……

リビングに行くと、私を見ないように目を伏せている義母と、勝ち誇《ほこ》ったように笑うサンドラの姿があった。やっぱり、サンドラが父になにかを言ったようだ。

「お前、ブラント公爵の息子と仲良くしているそうだな。これからは、もう関わるな」

久しぶりの娘との会話なのに、そんなことしか言えないのか……

サンドラのことを思ってのことではないだろう。今まで私にしてきた仕打ちを、公爵に知られたら困るからだ。

「お断りします」

父に逆らってはいけないと、頭ではわかっている。けれど、これだけは従えない。

消え去りたいと思っていた私が、今こうしてここにいられるのは彼のおかげだ。

たとえ嘘でも、もうアンソニー様と関わらないなんて言えなかった。

「私に逆らうつもりか⁉　お前は、私の言うことだけを聞いていればいいのだ！　同じ屋敷で、同じ空気を吸っているだけでも虫唾《むしず》が走るというのに。むしろ、こうして話をしてやっていることに感謝するべきだろう？　なぜよりによって、ブラント公爵家の人間と……」

なにを感謝しろと言うのか……

感謝することなど、なにひとつない。こんな人と血が繋がっていると考えるだけで、自分を呪いたくなる。

それにしても、「よりによって」……とはどういうことなのだろう。父に、ブラント公爵家と繋がりがあるとは聞いたことがない。それとも単にバーディ侯爵よりも権力が強い相手を味方につけられたら厄介だ、というだけだろうか。

「お話し中、申し訳ありません！　お客様がお見えになっております」

言い返したい気持ちを必死に抑えていると、使用人が慌てた様子でリビングに入ってきた。

「客だと？　客なら、応接室にお通ししろ」

「その必要はないわ。案内なんて必要ないもの」

父が言い終わるのと同時に、聞き覚えのある懐かしい声が聞こえた。

「ちょうどよかったわ。皆さん、お集まりのようね」

声の主は、アダリンド・モートン公爵夫人。

母の妹で、大好きな私の叔母様だ。

叔母様は公爵夫人であり、辺境伯でもある。

「ア、アダリンド⁉　久しぶりだね。急に王都に来るなんて、どうしたんだ？」

父は慌てて、ムチ打ち台を背中に隠す。

そんなことをしても意味はない。叔母様には、手紙で全て伝えてある。

「お義兄様、お元気そうでなにより。モニカは、痩《や》せたというより、やつれているわね。まさか、義理の娘だからと言って、虐《いじ》められているのではないでしょうね？」

父も義母もサンドラも、一気に顔が真っ青になる。叔母様は、からかって遊んでいるようだ。

「そんなはずない！　モニカは、少食なんだ！」

「そ、そうですわ！　モニカのことは、本当の娘のように思っています！　虐《いじ》めるなんて、ありえません！」

慌てすぎて、なにも知らない相手にでもバレてしまいそうな反応だ。私が少食ではないことくらい、叔母様は知っている。

「そうよね！　ごめんなさいね」

叔母様は笑顔を見せているけれど、目の奥が笑っていない。怒っている時ほど笑顔になるところは、母とそっくりだ。

「それより、一体どうしてこんなに突然やってきたんだ？」

父は、叔母様のことが苦手だった。

顔は母にそっくりだし、叔母様は気が強くてしっかり者。公爵夫人としても辺境伯としても完璧で、敵に回してはならない人物だからだろう。

私がこれまで叔母様に助けを求めなかったのは、遠い土地に住んでいるからだけでなく、とても忙しい人だからだ。そんな叔母様に、負担をかけたくなかった。

けれど、今は事情が変わった。

「どうして？　そうね、理由は大事よね。お義兄様、四年間の当主代理お疲れ様でした。これからは私の娘のローズに代理を務めてもらおうと思っているの。子爵家のあなたに侯爵家のお仕事だなんて、荷が重かったでしょう？　ローズ、入りなさい」

「失礼します。ローズ・モートンと申します」

ローズとは、母の葬儀《そうぎ》の時に会ったのが最後だったけれど、会わなかった四年の間に、すごく大人っぽくて綺麗になっていた。

「な、なにを言っているんだ!?　そんな話は、初耳なのだが……」

初耳なのは当たり前だ。対処できないように、慎重《しんちょう》に動いてもらっていたのだから。

「ローズもいずれ公爵家を継がなければならないわ。だから経験を積ませたいの。問題ないでしょう？」

叔母様は、もっともらしい理由をつけて、私の案だということを悟られないようにしてくれている。

本当は、私の十八歳の誕生日まで耐えるつもりだった。

けれど、私が誰にも頼らずに我慢《がまん》していた結果、父は横領《おうりょう》に手を染めた。

領民が必死で稼いだお金を、これ以上、こんな人に好き勝手させるわけにはいかない。

正直なところ、ローズが代理を引き受けてくれるのはもう少し先になると思っていた。ローズは先月、十八歳になったばかり。こんなに早く来てくれるとは思っていなかった。

叔母様には、私の署名が入った当主代理交代の書類を、手紙と一緒にあらかじめ送っておいた。

書類を揃《そろ》えてくれたのは、執事のロベルトだ。

「待ってくれ！　私は、代理の仕事が好きなんだ！　だから……」

「これは決定事項よ。書類も提出してあるわ」

「そんな……バカな……」

突然のことに、父は呆然としている。

「旦那様？　説明してください！　わけがわかりません！」

「代理って、どういうことなの!?　お父様は、この家の当主でしょう!?」

義母もサンドラも、ようやく真実を知る時が来た。

といっても、ふたりが勝手に勘違いしていただけで、少しでも調べていればわかることだったのだけれど。

「まあ！　あまりに無知で驚いてしまったわ！　まさか、シンシアとサンドラに自分がバーディ侯爵だなどと話してはいないでしょうね？　バーディ侯爵家の当主は、モニカよ。それくらい、わかっていると思っていたのだけれど」

大袈裟《おおげさ》に驚いたフリをする叔母様。それを聞いて、目を見開いたまま固まる義母とサンドラ。

ローズは叔母様のわざとらしい演技に、呆れたように溜め息をついていた。

叔母様が書類を見せると、父はなにも言わずにただ立ち尽くしていた。後ろにあるムチ打ち台を隠さなければならないから、その場から動くことができないのだ。

父が当主代理ではなくなったことで、もう二度と横領《おうりょう》することはできない。

けれど、私から権利を奪《うば》ったあの書類はまだ残っている。そのことが、逆に好都合だった。

あんな目に遭わされてきたのだから、普通なら父や義母たちを屋敷から追い出すところだろう。

もちろん、私の気持ちだけでいえばそうしたい。

けれど今は、屋敷に残ってくれていたほうが都合がいいのだ。

全ての罪を明らかにするまでは、この屋敷にいてもらう。

父はきっと、私が十八歳になれば、また権力を手に入れられると思っている。ローズは私が十八歳になるまでの代理に過ぎないのだから、再び私に権利が戻れば、あの書類によってまた権利を取り上げられる……と。だから、自分は追い出されないのだと思っているだろう。

そう思うのは自由だ。けれど全ての証拠を突きつけて、罪を償《つぐな》わせる。

それから忙しい叔母様を玄関までお見送りした後、ローズが口を開いた。

「私の部屋はどこかしら？　モニカの部屋の隣がいいのだけれど」

その口調に、思わず顔がにやけてしまう。帰ったばかりの叔母様がまた現れたと錯覚《さっかく》するほどそっくりだった。

「……すぐに用意させよう」

私の部屋は物置部屋なのだけれど、一体どうするつもりなのだろうか。

部屋の用意を待つ間、リビングでローズとお茶を飲むことにした。

ふたりでリビングに戻ると、ムチ打ち台がなくなっていた。あまりに素早い対応に、少しだけ感心してしまう。

ソファーにふたりで座ると、ローズがいきなり私を抱きしめた。

「ローズ……？」

「モニカ、ごめんね。あなたが辛い目に遭っていたなんて、まったく知らなかった……」

彼女がこんなに早く駆けつけてくれた理由がわかった。私のことを心配してくれたからだ。

ローズの背中に腕を回し、私も彼女を抱きしめる。

「話さなかったのだから、知らないのは当たり前でしょう？　でもローズ、あなたには本当に感謝してるわ。助けに来てくれて、ありがとう」

次は、サンドラの誕生日パーティーを盛大に開かなければ。

父はもう、執務室を使うことができない。つまり私が書類を金庫から抜き取っても、父にそれを知る術はないということだ。

お父様。母を侮辱《ぶじょく》し、苦しめたあなたを、私は絶対に許しません。

第四章

私の部屋が、元の部屋に戻っていた。つまり、サンドラの部屋ではなくなったということだ。

けれどクローゼットには、サンドラの服がズラリと並んだままだった。

私の着ていた服は、ここにはない。きっと、捨てられてしまったのだろう。全部借り物みたいで、着たくはない。

よかったことは、サンドラが私から奪《うば》っていったアクセサリーがそのまま残っていたことだ。

自分の部屋に戻ってきたのに、なんだか落ち着かなかったけれど、久しぶりのベッドは気持ちよかった。横になると、すぐに眠りについてしまった。


朝の光に照らされ、眩《まぶ》しくて目が覚めた。

こんなに清々《すがすが》しく気持ちのいい朝を迎えられて、小さな幸せを感じる。それほど、物置部屋の床は硬くて冷たかった。

久しぶりの朝食をいただくために食堂に行くと、そこにはローズの姿しかなかった。

「おはよう、ローズ。お父様たちは？」

侯爵としての仕事の引き継ぎは全てロベルトがすることになっていて、父には今日から仕事がない。だから父が朝早く出かける必要はないはずだ。

「おはよう。皆さんは部屋で食事をとるんですって。露骨《ろこつ》に私を避《さ》けてきたわ。嫌味を言いまくるつもりだったのに、ものすごく残念」

不満げな表情を浮かべているのに、なんだか楽しそうに見える。

彼らはあの叔母様にそっくりなローズが苦手なのだろう。正直、父や義母やサンドラの顔を見ながらでは、どんな美味《おい》しい食事も不味《まず》くなりそうだから助かる。

「私は、ローズとふたりで食事できるのが嬉しいわ」

私の返答を聞いて、ローズは嬉しそうに笑った。彼女の笑顔は昔と変わっていなくてホッとする。

運ばれてきた朝食は、私の好物ばかりだ。

「……朝からお肉料理って、重くない？」

「ごめん、きっと私のせい。私の好きな物ばかり用意してくれたのだと思う」

「思い出した！　モニカったらお肉が大好きだったのよね。しょうがない、付き合ってあげますか！」

朝からふたりでお肉を頬張《ほおば》りながら、昔話をした。

楽しくて美味《おい》しい食事に心が弾む。

「ご馳走様《ちそうさま》でした。食べすぎて動きたくないけれど、初仕事に行ってくるわね」

ローズはロベルトとともに仕事に出かけ、私は学園に行く準備をする。サンドラたちがあまりに静かだから、なんだか調子が狂ってしまう。

それから、いつものようにアンソニー様が迎えに来てくれた。

馬車に乗り込むと、一カ月半ぶりにあの包みを渡される。あのサンドイッチ以降、お店で買ったパンを朝食用にいただいていたのだけれど、今日は違うようだ。

「これは……」

包みを凝視《ぎょうし》する。

「今回は、大丈夫だ！　使用人に教えてもらいながら作ったし、味見もしてきた」

アンソニー様は得意げにそう言った。

朝食をもう済ませてきたことは言わず、私は包みを開けてサンドイッチを頬張《ほおば》る。

「……美味《おい》しい！　すごく、美味《おい》しいです！」

きっとアンソニー様はこの一カ月半、サンドイッチを作る練習をしてきたのだろう。手の傷が、日に日に増えていたのには気づいていた。

私のために、こんなにも一生懸命作ってくれたサンドイッチを、残すわけにはいかない。

「はあ～！　美味《おい》しかった！　アンソニー様、ご馳走様《ちそうさま》でした。本当に、ありがとうございます」

全部を平らげ、心からお礼を言う。

少し……いや、だいぶぽっこりしたお腹を隠しながら、この時間が長く続いてほしいと願っていた。

満腹になったところで、当主代理が父からローズに代わったことを話した。アンソニー様はとても喜んでくれたけれど、話の流れから、私がすでに朝食を食べてきたことに気づいてしまったようだ。

「無理して食べることは、なかったんだぞ？」

「無理はしていません。先に話さなかったのは、気を遣ってほしくなかったからです。私は見た目よりも、たくさん食べます。朝からお肉でも、全然平気です。見た目を気にしなければ、まだまだ入りますよ？」

さすがに、これ以上食べるとスカートが入らなくなりそうではあるけれど。

お腹をぽんと叩いて、まだまだ食べられるとアピールする私を見ながら、アンソニー様は困ったように笑っていた。

その後、わざわざ朝早く起きて迎えに来てもらうのは申し訳ないと思って、送り迎えはもう大丈夫だと伝えたのだけれど、却下されてしまった。

「俺がしたいんだ！」と勢いよく言われて、ふたりして赤くなる。

彼が迎えに来てくれて、ふたりで過ごす朝の時間が私は好きだ。負担になるとわかっていたけれど、彼の言葉に甘えることにした。


教室に行くと、いつもの悪口が聞こえてくる。

アンソニー様と一緒に登校するようになってから、悪口は減っていた。それが今日になってまた始まったということは、またしてもサンドラが関わっているのだろう。

今はもう、サンドラも私が侯爵家当主なのだと知っている。なにをしたところで自分が侯爵を継ぐことはないとわかっているはずなのに、まだ仕掛けてくるところが彼女らしい。自己防衛のつもりなのだろうけれど、私からなにかを言うつもりはない。

私が侯爵なのだと言うことは簡単だけれど、今さら生徒たちの態度が変わっても面倒なだけだ。それに、彼女たちにはサンドラの誕生日パーティーに出席してもらわなければならないのだから。

「モニカ、おはよう！」

いつもと変わらないディアナの笑顔を見ると、ホッとする。

本当に信頼できる大切な人がそばにいてくれたら、それだけで充分だ。

ディアナに、「おはよう」と挨拶《あいさつ》をしながら席に着いた、その時。

「モニカ、ちょっといい？」

泣きそうな顔をしながら、エイリーンが話しかけてきた。

いつものエイリーンとは、明らかに様子が違う。切羽《せっぱ》詰まった表情で私を見る彼女を無視できずに、言われた通り後についていくことにした。心配そうに私のことを見るディアナに、「大丈夫」と目で合図をする。

行かないほうがいい……そう、頭ではわかっているのに、無視できない自分に苛立《いらだ》ちを覚える。

「……」

階段の踊り場でエイリーンは立ち止まり、こちらを振り向いた。

けれど、なにも言葉を発しない。

「話があるのではなかったの？」

「……モニカ、ごめん!!」

エイリーンは、私の肩をドンッと思い切り押した。

階段の踊り場から、転がるように落ちていく。

やけにゆっくりと動く視界の中、『やっぱり私はバカだ……』と思い知らされていた。

＊＊＊

おかしいおかしいおかしいおかしい……こんなの、おかしいわ！

私が、バーディ侯爵家を継げるんじゃなかったの？　やっと幸せになれると思っていたのに、こんなのおかしいじゃない！

あの惨《みじ》めな貧乏暮らしに戻るなんて、冗談じゃないわ！

「お父様、私たちはどうなってしまうの!?」

公爵令嬢だかなんだか知らないけど、あの女のせいで私の部屋をモニカに奪《うば》われた。ルーファス様まで奪《うば》われたのに、これ以上奪《うば》われるなんて耐えられない。モニカは、私から全てを奪《うば》うつもりなのよ。

「安心しなさい。私には、奥の手がある。モニカは私には逆らわない。ローズが代理を務めるといっても、モニカが十八歳になるまでだ。モニカが十八歳になればローズは必要なくなり、今まで通りの暮らしに戻れる」

お父様は私の頭を撫《な》でながら、心配ないと言う。幼い子供のように扱われて、さらに苛立《いらだ》ってくる。

そもそも、代理ってなんなのよ……

お父様が侯爵家当主だと思っていたのに、実はモニカが当主でしたなんて、こんなの悪夢でしかない。

「それは、本当なの？　お父様が偉《えら》そうにしていたから、あのおばさんが娘を連れて現れたんじゃない？　たかが『代理』だなんて、偉《えら》くもなんともないじゃない」

「サンドラ⁉　いい加減にしなさい‼　旦那様は、奥の手があるとおっしゃっているでしょう。信じていれば大丈夫よ」

お母様は、お父様の言うことならなんでも信じてしまう。心酔《しんすい》しきった目で、お父様を見つめている。お母様だって、お父様こそが当主だと思っていたはずなのに、どうしてまだ信じようと思えるのか不思議で仕方ない。

モニカに一番恨《うら》まれているのはお母様なのだから、このまま追い出されることになるかもしれないと想像できそうなものなのに。なにを言っても無駄なら、自分でなんとかするしかない。

「……わかったわ。ところで、私の部屋はどこになるの？」

「しばらくは客室を使いなさい」

あんな狭い部屋で暮らさなければならないなんて、あまりにも惨《みじ》めだわ。服もアクセサリーも香水も、なにも持ち出せなかった。全部私の物なのに……。なにもかも手に入るはずだったのに、一瞬でなくなってしまった。どうして私が、こんな目に遭わなければならないの？

「そんな顔をするな。大丈夫だ」

その言葉を信じられるほど、私はお父様を愛していない。

この人のせいで愛人の娘だと言われ、虐《いじ》められてきた。学園に入っても、それは変わらなかった。

ルーファス様と付き合いはじめて、ようやく虐《いじ》めから解放されたと思ったのに……またあの地獄に戻るなんて、絶対に嫌よ！

客室に行こうと廊下を歩いていると、ローズがこちらに向かって歩いてきた。この女のせいで私たちはこんな目に遭っているのかと思うと腹が立つけど、今は大人しくしていよう。

無視して通り過ぎようとしたのに、ローズから呼び止められた。

「待ちなさい」

「なんです？」

「あなた、自分がどういう立場か理解しているの？　これ以上モニカを苦しめるようなことがあれば、私が許さないから覚悟しておいてね」

ローズはそれだけ言って、部屋に戻っていった。

たかが代理の分際で、何様のつもりなの⁉

私の立場がどうだというのよ……待って、私はお父様の実の子でモニカの姉よ。ローズはただの代理で、いずれはモートン公爵家を継ぐ。

ということは、モニカがいなくなれば、私が侯爵になれるじゃない‼　そうよ、邪魔なモニカを排除すればいいのよ！　モニカがいなくなれば、ルーファス様もきっと私のもとに戻ってきてくれる。

これで、なにもかもうまくいくわ。

私が手をくだす必要はない。確か、エイリーンだったかしら？　あのバカ女を利用すればいい。

翌朝。早起きをして、私はエイリーンの屋敷に向かった。

「サンドラ様？　どうされたのですか？」

「一緒に登校したいなと思って、迎えに来たの」

エイリーンは不思議そうな顔をしていたけど、それ以上追及してこなかった。馬車に乗り込むと、さりげなくモニカの話をする。

「最近、モニカとはどう？」

「サンドラ様のご命令通り、今は関わらないようにしております」

そうだった。お母様があまりに怯《おび》えていたから、エイリーンにも今はなにもしないように命じていた。

「そう……けれど、あなたがモニカにしてきたことが問題になって、庇いきれなくなっているの」

「そんな！　あれは、サンドラ様が……」

「私がなにをしたと言うの？　私はただ、モニカに突き飛ばされたと言っただけ。実際に嫌がらせしたのは、あなたでしょう？　私に責任を押しつけるつもりなの？」

「いえ……そんなことは……」

エイリーンは、本当に扱いやすい。

「モニカは、あなたに復讐《ふくしゅう》するつもりよ。私はね、エイリーンが好きなの。だから、あなたがモニカに酷い目に遭わされるところなんて見たくない。モニカがいなくなれば、私もあなたも幸せになれると思わない？」

「サンドラ様……」

「あなたの家、大変なのでしょう？　モニカを排除してくれるなら、借金を肩代わりしてあげてもいいわ。私はただ、エイリーンを守りたいの。だって、親友だもの」

「あの……もし私が捕まっても、借金の肩代わりをしてくださいますか？」

「そんなことにはならないと思うけど、もしあなたが捕まっても、私のことを一切話さなかったら、あなたの家を全力で守ると約束するわ」

エイリーンはしばらく考えていたけど、了承してくれた。

こんなバカ女を、守るつもりなんかさらさらない。バカだから、直接自分で手をくだすでしょうね。そして自分の家を守るために、なにも話したりはしない。

私が罪を被ることなくモニカを排除できる。私の計画は、完璧よ！

＊＊＊

気がつくと、医務室のベッドの上で横になっていた。

階段から落ちた後、身体が宙に浮いた気がしたけれど、あの感覚を私は知っている。あれは……

「モニカ!?　気がついたのか!?」

そう、アンソニー様だ。アンソニー様が、また助けてくれた。

彼に抱きかかえられると、どんな場所よりも安心できる気がした。

心配そうに私の顔を覗《のぞ》き込む彼が、すごく愛おしい。止められないくらい、彼への愛が日に日に強くなっている。

「私……階段から……痛っ」

起き上がろうとすると、手首に鋭い痛みが走った。ものすごく痛いけれど、折れてはなさそうだ。

階段から落ちたというのに、彼の顔を見て一番に愛してると考えてしまうなんて、危機感が足りなすぎる。

「無理をするな。……モニカ、すまない。必ず守ると約束したのに、また危険な目に遭わせてしまった」

深々と頭を下げて謝る彼に、申し訳なさでいっぱいになる。

私がバカだったばかりに、アンソニー様を苦しめてしまった。

エイリーンに言われるまま、ついていった私のミスだ。

「私が愚《おろ》かだっただけです。アンソニー様は、いつも私を守ってくださっています。今も、こうしてそばにいてくださって、どんなに安心しているか」

自分を責めてほしくない。彼はいつだって、私の心も身体も守ってくれている。

「君は愚《おろ》かなどではない。彼女のことが、心配だったのだろう？　ディアナが話してくれた。君が心配で、ディアナは後を追いかけていたんだ。愚《おろ》かなのは、君の優しさを利用する奴だ」

私のことを、そんな風に思ってくれていたなんて……

ディアナが見ていたなら、エイリーンは一体どうなったのだろう？　あの時……私を突き飛ばした時、エイリーンは謝っていた。彼女の意思では、なかったということだろう。

「エイリーンは、どうなったのですか？」

「彼女は、自分が突き落としたことを自供した。学園内でのこととはいえ、あれは事故ではなく故意による犯行だ。今は兵に捕らえられ、取り調べを受けている」

学園内で起こった出来事の対処については、学園に一任されている。けれどそれは小さないざこざや喧嘩《けんか》、事故などについてだ。さすがにこれは、度を越していた。

エイリーンはもう、この学園に戻ることはできないだろう。

あの踊り場から突き飛ばしたくらいでは、相当打ちどころが悪くなければ死ぬことはないとわかっていたはず。それでも実行せざるを得ない理由があったのだ。

それでも、同情はしない。それが彼女自身の選んだ道なのだから。

「黒幕は、サンドラなのでしょうね」

ディアナが犯行の瞬間を見ていたなら、エイリーンの言葉も聞いたはず。それをアンソニー様も、ディアナから聞いただろう。エイリーンに命令できるのはサンドラだけだ。

アンソニー様は、サンドラが黒幕なのだとわかっている。そして、すでにサンドラと話してきたのだろう。そう思って彼のほうを見ると、ふとあることに気がついた。

「その手は……どうされたのですか？」

彼の右の拳に、血が滲《にじ》んでいた。

どんな理由があろうと、女性を殴るような方ではない。きっと、壁を殴ったのだと思う。

それだけの、激しい怒りだったのだ。

＊＊＊

——モニカが、目を覚ます一時間ほど前。

モニカを医務室に運んだアンソニーは、ディアナに「モニカのそばについていてくれ」と言い残し、サンドラのもとに向かった。

廊下を歩くサンドラの姿を見つけて、怒りを含んだ声で呼び止める。

「サンドラ、待て」

サンドラは気怠《けだる》そうに振り返り、深く溜め息をついた。

「なにかご用ですか？」

「エイリーンにお前がやらせたことはわかっている。モニカを、殺そうとしたな」

今にも怒りが爆発しそうなのを、アンソニーは必死にこらえる。

「……私がそんなことをするはずないではありませんか。モニカは、私の家族なのですよ？　もうよろしいですか？」

サンドラは感情のこもっていない言葉を吐きながら、その場を去ろうと背を向けた。

その瞬間、ガンッ‼　と大きな音が響く。

サンドラが驚いて振り返ると、アンソニーが壁を思い切り殴りつけていた。

壁には、穴が開いている。

予想もしていなかった出来事に、サンドラは悲鳴も上げられずに固まった。

「嘘をつくのはやめろ」

アンソニーの目が、ゆっくりとサンドラをとらえる。

「う……そではありません！　階段の踊り場から落ちたくらいで、死ぬはずがないではありませんか！　エイリーンは、モニカが嫌いだったのです！　私はなんの関係もありません！」

サンドラは、ひとつだけ本音を言った。

『階段の踊り場から落ちたくらいで、死ぬはずがないではありませんか』と。

彼女はエイリーンの行動が気に食わなかったのだ。モニカは怪我《けが》をした程度で、まだ生きている。

それでは、サンドラにとってなんの意味もないからだ。

「死ぬはずがない？　それなら、お前も落ちてみるか」

ジリジリと近づいてくるアンソニー。

嘘をつく度胸はあっても、目の前のアンソニーはやはり恐ろしいらしい。サンドラは小刻みに震え、動けずにいる。

「ひぃっ……」

アンソニーは足を止め、ゆっくりと口を開いた。

「お前は、勘違いをしている。モニカになにかあれば、お前はあの屋敷を追い出されるだろう。まさか、バーディ侯爵家の血を引いていないお前が侯爵家を継げるなどと思っていないよな？　父親が、なぜ代理なのか考えなかったのか？　お前がすべきことは、モニカに許しを乞《こ》うことだけだ」

動けずにいるサンドラを置いて、アンソニーはそのまま医務室に向かった。

サンドラをあれ以上追い詰めなかったのは、彼女に罰《ばつ》を与えるのは自分ではないとわかっていたからだ。

ただ、これ以上彼女がモニカに手出ししないようにしたかったのだ。

＊＊＊

アンソニー様の、傷ついた右手の拳にそっと触れる。こんなになるほど壁を殴るなんて……。

「大したことはないから大丈夫だ。だが、君から触れてもらえるなら、怪我《けが》をするのも悪くないな」

いつもの軽い口調に、愛しさが込み上げてくる。

彼がいなかったら、私は今頃どうなっていたかわからない。

「もう……怪我《けが》をしないでください……」

彼が傷つくのは、見たくない。

「それを、君が言うか？」

「……本当ですね、ふふっ」

自分がどれほど心配をかけているのか、わかっている。

これ以上、心配をかけたくはない。

もうすぐ、全てが終わる。この手で、終わらせてみせる。


黒幕がサンドラだということはわかっているけれど、証拠がない。あれから一週間が経ったけれど、エイリーンは自分がやったと自白したきり、なにも話さないそうだ。

だから私は、彼女に会いに行くことにした。

「これ……」

さすがに制服で行くわけにもいかないと思い、仕方なくサンドラの服を着ていこうとクローゼットを開けると、中には新しい服がズラリと並んでいた。しかも、全部可愛い。

「全て、ローズ様がお選びになりました。モニカ様はいらないとおっしゃっていましたが、『そんなのダメよ！　女の子は、身だしなみを整えるものよ！』と。モニカ様が以前お使いになられていたアクセサリー以外は、香水も靴もドレスも、全てモニカ様に合わせたものを揃《そろ》えてあります」

侍女のマリアンが、得意げな顔でそう言った。

ローズに「あなたは侯爵なのだから、侍女くらいつけなさい」と言われ、マリアンとケリーのふたりが私付きの侍女になった。

ちなみに、マリアンはシドと想いを寄せ合っている。ふたりはお互いの気持ちに気づいていないようだけれど、周りから見れば一目瞭然《いちもくりょうぜん》だ。

ローズは仕事についたばかりで忙しいはずなのに、こんなことまでしてくれていたなんて……ロベルトが、ローズのことをかなり有能だと褒《ほ》めていた。

サンドラに全て奪《うば》われた時から、なにかを欲しいなんて思わなくなっていた。けれど、こうして目の前にすると、どれもこれも素敵で、なにを着るか選ぶのが楽しくなってくる。

新しい服を着て、エイリーンのもとへ向かった。

捕らえられて一週間、彼女に面会を希望する人はひとりもいなかったそうだ。

「久しぶりね、エイリーン」

面会室に入ってきたエイリーンは、私の顔を見て悲しげに表情を曇《くも》らせた。

なにか言いたいけれど、言えない……そんな目をしている彼女を見ていると、サンドラに対する怒りが込み上げてくる。

「……ごめんなさい」

彼女の口から出るのは、謝罪の言葉だけ。なにを聞いても、話す気はないようだった。

その日は話を聞くことを諦めて、面会室を後にした。

話せない理由があるなら、その理由がなくなれば、きっと話してくれる。そう思い、私はエイリーンの家族に会いに行くことにした。

学園祭で倉庫に閉じ込められた時、彼女が言っていたことがずっと気になっていたのだ。

私と仲良くなった理由は、親に言われたからだ、と。

けれど、そんな理由で友達を決めるなんて、私には考えられなかった。彼女がサンドラに従ったのは、きっと彼女の両親が関係している。

そう考え、面会室を出たその足で、エイリーンの実家に向かった。……が、辿りついた屋敷に彼女の家族は住んでいなかった。

翌日、どういうことなのかをディアナに調べてもらった。

エイリーンの両親は、彼女が捕らえられたその日に夜逃げをしていた。ドルーグ子爵家には、莫大な借金があったそうだ。エイリーンを学園に入れたことで、さらに借金が増えた。彼らには、どうあってもお金が必要だったのだ。

私と親しくなるように言ったのは、私が侯爵家当主だからだ。若い当主が相手なら、騙《だま》してお金を借りるのは簡単だとでも考えたのだろう。

借金を増やしてまで学園に入れてくれた両親に、エイリーンが逆らうことができなかったことは想像に難《かた》くない。けれどそのエイリーンが罪を犯して捕らえられたことを知り、屋敷も娘も捨てて逃げ出したのだという。

サンドラは、ドルーグ子爵家の事情を知っていた。彼女にそんなことを調べる能力があるとは思えないけれど、どうにかしてエイリーンから聞き出したのだろう。

そして借金を肩代わりするからと騙《だま》し、私を殺すように命じた。もちろん、サンドラが自由にできるお金なんかない。出来もしない約束をして、エイリーンを犯罪者にしたのだ。

エイリーンに真実を伝えようと思い、もう一度面会を申し出たけれど、断られてしまった。会えないなら、手紙で伝えるしかない。正直なところ、ドルーグ子爵夫妻はどこかに逃げて行方不明で、あなたは捨てられた……なんて、話すのは気が引けた。

私がエイリーンに酷い目に遭わされたことは事実だけれど、彼女のしたことは全て無意味だったと伝えるのは、気の毒に思える。彼女はただ、親に利用されたひとりの少女だったからだ。

それでも、真実を知るべきだと思った。

なにも知らずにサンドラを信じ続けることのほうが気の毒だ。

手紙を渡すよう兵士に頼み、私は彼女からの連絡を待つことにした。


サンドラの誕生日パーティーは、一週間後に迫っていた。

エイリーンに手紙を送ってからも、毎日面会を申し込んでいるけれど、彼女は拒否し続けている。

そんな中、エイリーンの刑が確定した。薬殺刑になるそうだ。

彼女の表情から、殺意はなかったように思う。けれど、エイリーンは『モニカを殺す気だった』と証言した。高位貴族へ殺意を抱き、実行に移したことが決め手だったようだ。

あまりにも重すぎる刑……だが、死罪は彼女の希望でもあった。

刑の執行は、一週間後。サンドラの誕生日と、同じ日だ。

誕生日パーティーへの招待状は、何カ月も前に方々へ送られている。父ランドルフが当主代理ではなくなったとしても、出席すると返事をした貴族たちはパーティーに姿を現すだろう。

父が招待したのは、自分を優遇してくれている貴族ばかりだった。私にとっては、敵と言えなくもない相手だ。だから都合がよかった。彼らにも、誰が当主なのかをわからせる必要がある。


サンドラの誕生日パーティー当日。その日、一通の手紙が届いた。差出人は、エイリーンだった。

手紙には、こう書かれていた。

『何度も来てくれたのに、会えなくてごめんなさい。どんな顔をして会えばいいか、わからなかったの。私は、サンドラ様に取り入るために、モニカを虐《いじ》めた。酷いことをたくさんしてきた。今さら、なにを言ってもただの言い訳でしかない。でもね、私はやっぱり、モニカの親友でいたかった。だから最後に、全てを話すわ。サンドラ様は、モニカを排除するようにと私に命じた。つまり、殺せという意味だった。私には、殺すことができなかったけれど。……本当に、ごめんなさい。あなたと過ごした学園生活は、楽しかったな……。さようなら、モニカ』

手紙を持つ手が震えた。

エイリーンは、最後に全てを伝えてくれた。今頃、刑が執行されている頃だろう。もっと早くに家のことを相談してくれていたら……そう思っても、あの時の私には力なんかなかった。

——私もエイリーンと過ごした学園生活、楽しかったな。

もう二度と会えない親友……エイリーン。あなたの辛い思いに、気づかなくてごめんなさい。

書類を手に入れさえすれば、父に気を遣う必要はなくなる。

けれど、手に入れたとしても、すぐに知らせるつもりはない。全ての罪を暴くまで、父を追い出したりはしない。

ただ、サンドラは違う。エイリーンを騙《だま》し、罪を犯させた張本人。

自分が犯した罪は、自ら償《つぐな》うべきだ。

今日は、あなたの誕生日。

お祝いの言葉とともに、地獄に案内してあげる。

＊＊＊

私は今、牢獄《ろうごく》に捕らえられている。けれど、どこかホッとしていた。

あの日、サンドラ様が突然屋敷にやってきた。そして、モニカを殺せと命じた。

モニカは、なにも悪くないとわかっている。けれど、私に選択肢なんかなかった
「お前だけが頼りなんだ。なんとしてもバーディ侯爵から金を借りてくれ」

お父様は口癖《くちぐせ》のように、毎日同じことを言っていた。

モニカに近づいたのは、お金のため。けれど、いつしか彼女が大好きになっていた。モニカと過ごす学園での時間は、私にとってなによりも幸せなひと時だった。

そんな時間も、モニカがルーファス様に婚約を破棄されたことで終わってしまった。

サンドラ様は涙を流しながら、モニカに突き飛ばされたと言っていた。ルーファス様を奪《うば》われた腹いせに暴力を振るったのだ、と。

それが嘘だということは、わかっていた。あのモニカが、そんなことをするはずがない。

でも私は、サンドラ様を選んだ。そうするしか、道がないと思っていたからだ。

モニカを嫌いになるためには、彼女から嫌われる必要があった。

彼女は、優しすぎる。

私が迷いを見せたら、きっと私を心配する。私に必要なのは、親友なんかじゃない。とことん悪を演じて、サンドラ様に認めてもらわなければと思っていた……それが、全て間違いだったのだと、モニカからの手紙で知った。

モニカは、すでにバーディ侯爵家の当主だった。

サンドラ様が侯爵家を継ぐことなど最初からありえなかったのだ。そんなことも知らずに、バカみたいにサンドラ様に尽くしていたなんて笑えてくる。その上、両親にも捨てられてしまった。

——これは、モニカを裏切った報いね。

モニカはもう……許してくれないだろうな。

彼女と過ごした学園生活だけが、私の人生で唯一幸せな時間だった。

幼い頃から、お父様は多額の借金をしていた。お母様は浪費癖《ろうひぐせ》があり、借金はさらに膨《ふく》れ上がっていった。それでも、私にとっては家族だった。それさえ失ってしまった私には、もうなにもない。

モニカに……会いたい……けれど、会わないと決めた。

会えばきっと、モニカを苦しめてしまう。最後くらい、親友として終わりたい。

私は、サンドラ様に命令されたことを、手紙に残した。

この手紙が届く頃には、私はこの世にいない。死罪にしてほしいと、自ら申し出た。実行犯の私が死罪になれば、それを命令したサンドラ様の罪も少しは重くなると考えたからだ。

私のことは自業自得だけれど、サンドラ様も相応の罪を償《つぐな》うべきだ。

牢《ろう》の鍵が開けられ、兵が毒を持って入ってきた。

私はこの牢獄《ろうごく》で、毒を飲んで死ぬ。不思議と、怖くはない。私の死が少しでもモニカの役に立てるなら、嬉しいとさえ思える。私の人生はここで終わるけれど、モニカの幸せを願ってる。

本当に、私はバカだ。

こんなにも、彼女を大切だと思っていたのに、苦しめることしかできなかったなんて……

毒を受け取り、一気に飲み干す。喉が、焼けるように熱い……

「……モニカ……私と……ともだ……ちにな……ってくれ……て……ありが……と…………」

薄れ行く意識の中で、モニカが笑っている気がした。

幻でも構わない。最後に、あなたの笑顔が見られてよかった……

ゆっくりと目を閉じて、私の意識は闇に溶けていった。

「お目覚めになられましたか？　お医者様と、兵士長様をお呼びいたします」

「……」

これは一体、どういうことなのだろうか……

牢《ろう》の中で、毒を飲んで死んだはずの私が、まだ生きている？

どうやらここは、どこかの宿のようだ。いつの間にか着替えさせられ、ベッドで眠っていた。

状況が掴めず、先ほどの女の人を待つ。

「目覚めたか……よかった。聞きたいこともあるだろうが、まずは医師の診察《しんさつ》を受けてくれ。その後、事情を説明しよう」

私は処刑された身のはずだ。なにが起きているかわからないけれど、言われた通り、素直に診察《しんさつ》を受ける。

「異常はありませんね。ダルさが数日残るでしょうが、すぐに元に戻るでしょう」

診察《しんさつ》を終えた医師は、異常なしと診断した。毒を飲んだというのに、なにも異常がないほうがおかしいような、と、そんなことを考えていると、医師が部屋から出ていった。

代わりに今度は『兵士長』と呼ばれていた男性が、ベッドの横にあるイスに腰を下ろす。

「さて、なにから話すか……」

なにから……それなら、聞きたいことは決まっている。

「どうして私は、生きているのですか？」

「確かに、一番知りたいことだろうな。君の処刑は、偽装《ぎそう》だったんだ」

「偽装《ぎそう》……ですか？」

兵士長は、ダグラス様と名乗った。彼は、私の処刑が決まったあの日のことから話してくれた。

その日から刑が執行される日まで、モニカは何度も王宮を訪れ、『エイリーンに、私への殺意はありませんでした』と訴《うった》え続けたそうだ。

けれど、被害者本人だからといって、刑を決められたりはしない。一度決まった刑が、覆《くつがえ》されることもありえないことだ。

それでもモニカは、諦めなかった。

「君が飲んだものは、一時的に心臓が止まる薬だ。バーディ侯爵のご友人が手に入れてくれたものだそうだ」

その友人とは、ディアナのことだろう。

あんなに酷いことをしたのに、モニカはこんな私を救ってくれたというの？

「……モニカ……ごめん……なさい……っ」

涙が流れ出し、止まらない。死を覚悟したはずなのに、生きていることがこんなにも嬉しい。

私が落ち着くのを待ってから、ダグラス様はまた話し出した。

「君は国外追放となることが決まった。エイリーン・ドルーグとしての生涯は、処刑された時に終わった。君の新しい名は、クラリス・セイド。これが、身分証だ。これで、借金取りに追われることはない。他国で普通の暮らしができるだろう。明日、部下が国境まで送っていく。それまで、ゆっくり休むといい。それからこれは、バーディ侯爵から預かったものだ」

ダグラス様はいくらかのお金が入った袋と、一通の手紙を渡して、部屋から出ていった。

「こんなことまで……」

モニカからの手紙は、嬉しくもあり悲しくもある。これが、最後の手紙だとわかっているから。悲しむ資格なんてないことは、わかっている。

それでも、手紙を読むまで数時間かかった。

『これを読んでいる頃、あなたは別人として生まれ変わっているでしょう。でもまだ、エイリーンと呼ばせてもらうね。私はあなたにされたことを許すつもりはない。だから、勝手に死なれたら困るの。階段の踊り場から突き落とされた時に見たあなたの顔が、目に焼きついている。殺意なんか、なかった。私に悪いと思うなら、生きてほしい。生きて、自分の道を見つけて。もう二度と会うことがなくても、私はエイリーンのことを忘れない。さようなら』

自分がどんなにバカだったのか、今さら後悔しても遅い。

けれど、きっと私は生涯後悔し続ける。たったひとりの親友を、自ら手放してしまった。

読み終えた手紙を胸に抱きながら、涙が涸《か》れるまで泣き続けた。

＊＊＊

パーティーの準備には、私もローズも一切口出ししなかった。使用人たちにも、今日は私たちのことより、パーティーの準備を優先するように話してある。

「今日は、学園の生徒たちも出席するのよね？　サンドラのために何人来るのかしらね」

ローズはワクワクしながら、私の部屋でパーティーのためのドレスに着替えている。

「多分、それなりに出席すると思うわ。サンドラの取り巻きがほとんどだろうけれど」

学園祭でのルーファス様の爆弾発言以来、サンドラから距離を取る生徒たちは増えた。かといって、私に味方をするわけでもない。どちらにつくのが得かわからないなら、傍観《ぼうかん》していようと考えたのだろう。

正直、そのままサンドラにつくと決めた取り巻きたちのほうが潔《いさぎよ》く思える。やっていることは、褒《ほ》められたものではないけれど。

「そういえば、モニカの愛しの君も来るのよね？」

「な⁉」

どこからそんな話を聞いたのか、ローズはニヤニヤしながら私の顔を覗《のぞ》き込んでくる。

「顔が赤くなってる！　モニカったら、可愛い！」

「そんなんじゃない！　からかわないでよ！　誰？　ローズにそんな話をしたのは」

侍女たちを睨《にら》みつけると、目を逸らされた。犯人は、ふたりともということらしい。

「いいじゃない！　私、ルーファスって苦手だったのよね。あの笑顔が胡散臭《うさんくさ》いというか、本性を隠してるみたいで。愛しの君は、モニカのために屋敷に乗り込んできたのでしょう？　なんて素敵なのかしら！」

ローズは恋愛話が好きなようだ。目を輝かせながら、根掘り葉掘り聞いてくる。

「話は後で！　今日は、大切な日なのよ？　そろそろディアナが来てしまうわ」

エイリーンのことを考えると、恋愛話で盛り上がるのは気が引けた。

それに、今日は本当に大切な日だ。

ローズは、緊張してガチガチになっている私の肩の力が抜けるように、気を遣ってくれているのだろう。それにしても、『愛しの君』って……アンソニー様が聞いたら、大笑いしそうだ。

パーティー開始の時間が近づくにつれ、続々と招待客が到着している。父も義母もサンドラも、これから起こることを知らない。三人は笑顔で招待客を接待している。

ローズが屋敷に来てから、三人は屋敷で目立たないように日々を過ごしていた。父は大好きな高いお酒を飲むことができず、義母は仕立て屋を呼んで新しいドレスを注文することもできない。

そしてサンドラは、私に会うのを避《さ》けていた。

アンソニー様があの時サンドラになにを言ったのかはわからないけれど、彼女は私を恐れているように見えた。

「モニカ！」

そのサンドラがパーティーの会場に入った瞬間、笑顔で手を振りながらこちらに近づいてきた。

可愛らしいドレスに身を包んだ彼女。ドレスは、義母が三カ月前から作らせていたものだ。それに合わせたアクセサリーや靴も、先日届いていたのは知っていたけれど、これでもかというくらいにキラキラ光っていて眩《まぶ》しい。

「……サンドラ、お誕生日おめでとう。ドレス、似合っているわ」

私の目の前で足を止めたサンドラに、お祝いの言葉をかける。サンドラは嬉しそうに私の手を両手で握った。

「ありがとう！　モニカに祝ってもらえるなんて、こんなに嬉しいことはないわ！　私ね、モニカの姉になれたことを感謝してるの！　今までは、誤解があったのよ。少し、意地悪だったと思う。ごめんなさい」

私の目を見つめ、手を握りながら微笑《ほほえ》む彼女は、まるで別人のようだ。

サンドラは私が侯爵だと理解して、取り入ることにしたのかもしれない。

けれど、そんなことをしても、もう遅い。

サンドラは、決して反省などしない。たとえ、反省の言葉を口にしていても。

「今日はあなたが主役なのだから、私にばかり構っていたらいけないわ。ほら、皆さんにもご挨拶《あいさつ》をしたら？」

これ以上、サンドラの作り物の笑顔を見ているのが苦痛だった。彼女を信じるほど、私はもう純粋じゃない。

「モニカがそう言うなら、そうするわね！　ディアナは招待した覚えがないけれど、モニカの親友ですものね。来てくれてありがとう。じゃあ、また後でね！」

ディアナも、ローズも、サンドラの変わりように開いた口が塞《ふさ》がらなくなっている。エイリーンをあんな目に遭わせておいて、幸せそうに笑顔を振りまくサンドラに嫌悪《けんお》感を抱いた。

「鳥肌が立っているのは、私だけ？」

ローズは身震いしながら、サンドラの姿を目で追っている。

「ローズ様、私もです！」

ディアナがローズに同調する。

それにしてもアンソニー様……あれだけ様変わりさせるなんて、一体サンドラになにをしたのかしら。

「そういえば、モニカの愛しの君はどこ？」

会場内を、キョロキョロと見渡すローズ。

「愛しの……君って、アンソニー様のこと？」

ディアナまで、愛しの君を知ってしまった。

その呼び方、やめてほしい……

「アンソニー様っていうのね……あれ？　アンソニー様って、ブラント公爵家の？」

「知っているの？」

「高位貴族のことはほとんど頭に入れているわ。彼のことは、公爵家に必要な方だと言う人もいるけれど、危険だと言う人のほうが多い」

アンソニー様を危険視するというのは、例の事件が原因なのだろう。

彼が危険だなんて、私は思わない。彼はただ、必死で家族を守ろうとしただけだ。

「その顔を見る限り、全て知っているのね。それなら、モニカが信じたいと思える人を信じなさい。私も、あなたに従うわ」

ローズは、私を信じてくれる。そして、私の信じる人も。

「そろそろ挨拶《あいさつ》の時間ね」

今日のパーティーの主催者は、父だった。

もう当主代理でもない父が、バーディ侯爵邸で、バーディ侯爵家の血を引いていないサンドラの誕生日パーティーを開いているという、不思議な状況。

そしてそこに、ルーファス様も姿を現した。彼は私の元婚約者で、サンドラの元恋人。そんな彼が、なぜか父親とともに、サンドラの誕生日パーティーに出席してきた。

「モニカ！」

先ほどのサンドラと、同じ行動。ルーファス様は私の姿を見つけると、何事もなかったような笑顔を向けてこちらに近づいてきた。今思えば、サンドラとルーファス様はお似合いだ。長年連れ添った夫婦のように、まったく同じ行動をとっている。

「今日は、とても綺麗だ！」

悪気はないのだろうけれど、『今日は』なんて失礼極まりない。

「モニカ殿、久しぶりだな。ずいぶん綺麗になった。ルーファスにはもったいないくらいだ」

ルーファス様の父であるドナルド侯爵の言葉に、大きな溜め息が漏《も》れる。

ルーファス様は、私との婚約を破棄したことを侯爵に伝えていなかったようだ。

今日は、サンドラのことだけに集中していたかったのに……

ルーファス様の行動は、本当に予想がつかない。このまま何事もなかったように、私との婚約を継続できると思っているのだろうか。

あの屈託《くったく》のない笑顔を見せながら私の手を握ろうとしたので、パシンとその手を叩いた。

「お聞きになっていないのですか？　私はすでに、ルーファス様に婚約の破棄を申し渡された身です。理由は、サンドラを愛したからだそうです」

今さらルーファス様に関わるのは面倒くさい。あれほどはっきり言ったのに、なにもなかったように振る舞うルーファス様に、呆れ果てる。サクッと終わらせて、サンドラのことに集中しよう。

「モニカ殿？　そのような冗談は、笑えないな」

ドナルド侯爵の顔から、血の気が引いていく。

「私も笑えません。義姉と身体の関係まで持ちながら、ルーファス様はまた私とやり直したいと言い出す始末。私には魅力がないと言って婚約を破棄したというのに、どういう神経をなさっているのでしょうか」

侯爵を責めたいわけではないけれど、これ以上ルーファス様に付きまとわれるのは迷惑だ。

私もつい最近まで、ルーファス様を信じていた。見る目がなかったと、今では反省している。

「そうか……それは、本当にすまない。なにも知らなかったとはいえ、私の責任だ。相応の慰謝料を払わせてもらおう。息子のことは、私に任せてほしい。頼む……」

ルーファス様なら、やりかねないと納得したのだろう。ドナルド侯爵は頭を下げる。

まだ十七歳の私を、きちんと侯爵として扱ってくれているのを感じた。ドナルド侯爵が頭を下げているところを見て、他の貴族たちがざわめきはじめる。

「頭を上げてください」

書類を出さなくても、ドナルド侯爵は誠意の証として自ら慰謝料を支払うことを申し出た。これ以上、侯爵を困らせたくはない。

「父上⁉　なにをしているのですか⁉　モニカに頭を下げる必要などありません！　これから家族になるのですよ？　モニカだって拗《す》ねているだけで、怒っているわけがないではありませんか！」

ルーファス様は、どこまでバカなのだろうか。

本気でそう思っているのか、子供のようにあどけない表情で私たちを交互に見ている。

ドナルド侯爵が、気の毒に思えてきた。

「お前には失望した。末っ子だからと、甘やかしすぎたようだ。ルーファス、お前はたった今から、ドナルド侯爵家の人間ではない。慰謝料の半分は、お前に請求する。一生、自分のしたことを悔いながら働き続けろ」

ドナルド侯爵は、ルーファス様を可愛がっていた。その侯爵がこんな決断をするということは、それほど失望が大きいということだ。いつも優しい父親からはっきり言われたことで、ルーファス様はようやく事の重大さに気づいたらしい。先ほどまでの笑顔は、消え去っていた。

「父上……」

「バーディ侯爵、本当にすまなかった。今日は、これで失礼させてもらう」

私の呼び方が、モニカからバーディ侯爵に変わっていた。ドナルド侯爵が、ルーファス様のような方でなくて安心した。侯爵の後を、ルーファス様が急いで追いかけていく。

その姿を見送り、振り返ると、父が壇上に上がり挨拶《あいさつ》を始めた。

「お集まりの皆様。お忙しい中、我が娘サンドラの十八歳の誕生日パーティーにお越しくださり、ありがとうございます」

私とドナルド侯爵のやりとりを見ていた貴族たちは、父の挨拶《あいさつ》が聞こえていないようだった。

きっと彼らは、私が絶対に父に逆らわないと聞かされていたのだろう。だから、私を蔑《ないがし》ろにしても構わないと思っていた。そんな私にドナルド侯爵が頭を下げていたのだから、動揺《どうよう》するのも無理はない。けれど彼らには、父を信じるしか道がない。

「皆様！　私の誕生日パーティーに来てくださり、とても嬉しく思います！　私も十八歳になりましたし、微力ながら、我がバーディ侯爵家当主であるモニカの力になっていきたいと思っております。モニカともども、今後ともよろしくお願いいたします」

サンドラは、いち早く状況を察したようだ。父を差し置いて、自ら挨拶《あいさつ》を始めた。まるで自分は私の味方だと主張するように。

サンドラの発言に、会場内はさらにザワつく。サンドラの取り巻きの生徒たちも、理解できていないらしい。サンドラが当主を継ぐと思っていたのに、そのサンドラの口から私が当主だと告げられたのだから、頭の中はパニック状態だろう。

そして父や義母は、驚きと怒りを隠すことができずにいた。

「お前っ!?　一体、どういうつもりだ!?」

サンドラに詰め寄る父。

「そうよ！　旦那様を差し置いて、あなたがモニカの力になるですって!?　何様のつもり!?　あなたはバカなのだから、旦那様の言う通りにしていればいいのよ!!」

義母にとって、夫のほうが大事なようだ。こんな大勢の前で実の娘をバカにするとは……

「お母様、いい加減にして！　モニカはバーディ侯爵家の当主なのよ⁉　お父様はずっと、私たちを騙《だま》してきたの！　そんな人を信じていても時間の無駄だわ！　私は、お父様になんか頼らない！」

……私はまだなにもしていないのに、会場内はすっかりパニックだ。

「あら、これはすごいわね」

ローズは他人事のように、グラスを片手にその様子を見ている。

「貴族って怖い」

たくさんの商人たちと交渉してきたディアナも、少し怯《おび》えているようだ。

あちこちで、混乱の声が聞こえる。いくら待っても、落ち着きそうにない。

「ローズ、ディアナ。行ってくるわ」

本当は、父とサンドラが仲良く挨拶《あいさつ》しているところに、私が割って入るつもりだったのだけれど、予定とはズレてしまった。それなら、私も作戦を変えることにしよう。

サンドラは、私に対して好意的になった。それを、利用させてもらう。

ゆっくりと壇上に上がり、招待客を見渡す。ここに集まった貴族たちを、私は一生信用することはないだろう。きっと私が、なにをされてきたのか知っている者もいる。けれど誰ひとりとして、私に手を差し伸べる者はいなかった。母が侯爵だった時は、あれほど媚《こ》びへつらっていたのに……

「皆様、ご静粛《せいしゅく》に願います」

私の声に皆が一斉に黙った。静まり返ったところで、話を続ける。

「私の義姉であるサンドラの誕生日パーティーにお越しいただき、感謝いたします。皆様は本日、なにがあったのかご存知でしょうか？　以前、私を階段から突き落としたエイリーンという子爵令嬢が、数時間前、薬殺刑に処されました。彼女は最後に、私に真実を伝えてくれたのです。エイリーンは、私を殺すように命じられて犯行に及びました」

私はそこで一度言葉を切り、大きく息を吸った。

「そう命じたのは、このパーティーの主役である、サンドラだったそうです」

エイリーンが生きていることを知るのは、限られた人間だけだ。

エイリーンの両親は、たくさんの貴族からお金を借りていた。生きていることを知られれば、彼女の身に危険が及ぶというのも理由のひとつだけれど、一度下された刑を覆《くつがえ》したという前例を作るわけにはいかなかった。

つまりエイリーンは、公式には処刑されているということになる。

「な……にを言っているの⁉　私がモニカを殺そうとするはずが、ないじゃない！」

静まり返った会場内に、サンドラの声が響き渡る。

――今は、そんなことはしないでしょうね。だから、態度をころっと変えたのでしょうし。

「いいの、いいのよサンドラ。わかっているわ。あの時は、私がいなければこの家の全てが自分のものになると思っていたからなのでしょう？　今は、私のために尽くしてくれるつもりでいるのよね。私にとって、たったひとりの義姉ですもの。ずっとね、仲良くしたいと思っていたの」

サンドラに手を差し出し、私は愛おしそうに微笑《ほほえ》んでみせる。

「そう！　そうなの！　あの時は、私も追い詰められていて、お父様は代理だったし、その代理までおろされてしまったし！　私がなんとかしなきゃって……だからエイリーンに頼んだのに。階段から突き落としたって死ぬわけないじゃないねえ。私は、排除するように言ったのに、本当に使えない女だったわ。でも、モニカが死ななくてよかった。あなたは私にとって、必要だとわかったの！」

サンドラ……本当に、バカね。

ベラベラと、自供してしまうなんて。

貴族たちも、生徒たちも、父や義母も、サンドラのバカさ加減に呆れてなにも言えなくなっている。

「残念ね、私にあなたは必要ない」

「……へ？」

サンドラが間抜けな顔になったところで、会場の扉が開き兵士たちが入ってきた。

率いているのは、アンソニー様だ。この時間に兵を連れてきてほしいと、お願いしておいた。

兵が壇上に上がり、サンドラの前で足を止める。

「サンドラ・バーディ、殺人教唆《きょうさ》の罪で連行する！」

「どういう……こと？　私は、なにもしてないわ！　ねえ、モニカ！　私は、あなたに死んでほしいなんて思ってない！　エイリーンが勝手にやったのよ！」

サンドラ。最後まで、エイリーンをバカだと思っていたのがあなたの敗因よ。

自分に尽くしてくれた相手を簡単に騙《だま》し、切り捨てた。自分さえよければ……そんな考え方しかできないあなたには、エイリーンの気持ちなんてわからないでしょうね。

「エイリーンのご両親が、どうなったのか知っている？　サンドラが、借金を肩代わりすると約束したのでしょう？　借金は、払ってあげたの？」

サンドラがエイリーンにさせたことで、彼女は両親に捨てられた。全てを失い、たったひとりで死を待っていた。

「私にお金なんかあるわけないじゃない！　そんなこともわからないから、階段から突き落とすなんてバカな方法を使うのよ！　本気で殺すなら、屋上に連れていくべきだったのに！　そうだわ！　あんなところから突き落としたって死なないのだから、殺人もなにもないじゃない！　私は、無実よ！」

サンドラはさらにベラベラと話し出した。

確かに、エイリーンはバカだ。こんなに簡単に誘導されて、ベラベラと全てを話してしまうサンドラなんかに騙《だま》されたのだから。

それほど、追い詰められていたのだろうけれど。

「エイリーンはね、自らの命をかけてあなたに復讐《ふくしゅう》したのよ」

実行犯であるエイリーンの極刑。

それを命じたサンドラも、それなりの刑罰《けいばつ》を受けることになる。

「モニカ、助けてよ！　私はもう、あなたに死んでほしいなんて思ってない！　お父様！　お母様！　お願い助けて!!」

父も義母も、サンドラと目を合わせようとしない。どこまでも、最低な人たち。

「言ったでしょう？　私にあなたは必要ない」

サンドラが連行されていく間、自分たちの身が心配になったのか、会場内の貴族たちはまたザワついていた。

「モニカ、大丈夫か？」

アンソニー様が、サンドラの姿を見送る私の手をそっと握った。

「大丈夫です。……父も義母も、娘が連行されていくというのに、自分たちの保身を考えているようですね」

ふたりは壇上から降り、ヒソヒソとなにかを話している。

「兵のひとりに、エイリーンの刑が執行された時のことを聞いた。『モニカ、私と友達になってくれてありがとう』と……。そう言って、微笑《ほほえ》んだまま意識を失ったそうだ」

「そう、ですか……」

エイリーンと過ごした日々は短かった。それでも、本当に大切な日々だった。

これからは別々の道を歩んでいくことになるけれど、同じ空の下で生きている。

お互い、精一杯生きていこう。

サンドラが連行され、今日の主役がいなくなってしまった。

だけど、パーティーはまだ終わらない。

会場内がザワつく中、アンソニー様は壇上から降り、私は口を開く。

「こんなことになってしまい、とても残念に思います。ですが、犯した罪は償《つぐな》わなければなりません。そうですよね？　お父様」

「あ……ああ、そうだな」

父が私を恐れているのが、ありありと伝わってくる。

「お父様、壇上に上がってきてください。今日の主役がいなくなってしまったのですから、皆様にお詫《わ》びをしなければなりません」

今までの父なら、私に近づくことすらしなかっただろう。それに、私の言うことを聞くこともなかった。その父が壇上に上がり、私の隣に立つ。

「お父様、サンドラのことは、本当に残念です……」

父の首の後ろに腕を回し、抱きしめる。

愛しているからとか、心配しているからといった理由ではない。父が肌身離さずに首から下げている金庫の鍵を奪《うば》うためだ。

「お前を殺そうとしたのだから、仕方がない」

その言葉は紛《まぎ》れもない本音だろう。私が死んだら、父は全てを失う。私のことが大嫌いでも、死んでもらっては困るのだから。

「サンドラが……私を殺そうとするなんて……」

泣き真似をしながら、父の首から鍵を奪《うば》う。皆が見ている前で、私がこんな大胆な真似をするとはさすがに思わなかったのだろう。父は、まったく警戒していない。警戒《けいかい》してはいないけれど、私が抱きついていることに心底嫌悪《けんお》しているのはわかる。父の額に、うっすらとあぶら汗が滲《にじ》んでいる。

奪《うば》った鍵を、壇の下にいるアンソニー様のもとにゆっくり落とす。その鍵をアンソニー様が受け取ったのを確認して、父から離れた。

「お父様、皆様に謝罪をお願いします」

悲しげな表情を見せながら、父の後ろに控える。

「ああ、わかった」

父が話している間に、アンソニー様が受け取った鍵をロベルトに渡し、ロベルトが金庫の鍵を開けて中身を持ち出す手はずだ。

「お見苦しいところをお見せして、申し訳ありません。サンドラにはあまり教養がなく、優秀なモニカに嫉妬《しっと》していたようです。まさか、義妹を殺そうとするとは……。妻の連れ子だったこともあり、甘やかしすぎたのかもしれません」

サンドラのことを、自分の実の娘だと認める気はないようだ。この男の血が、私にも流れているのかと思うとゾッとする。自分の娘が連れ子だと言われ、こき下ろされているというのに、父の話をうっとりとした眼差しで見つめながら聞いている義母も理解できない。

それでもロベルトが戻ってくるまでは話を続けてもらわなくては困るから、我慢《がまん》して聞く。

「話は変わりますが、モニカももうすぐ十八歳になります。正式に、侯爵となるのです。そうなれば、現在バーディ侯爵代理を務めてくれているローズ・モートン公爵令嬢は、故郷の地に帰ることになります。それまでは不慣れなところもあるとは思いますが、まだ若いのでお許しを。残り三カ月の間、ローズをよろしくお願いいたします」

私が十八歳になれば、再び自分が権利を握れる、ローズがいるのもあと三カ月だから心配はいらない、と集まった自分の味方たちに伝えたかったのだろう。

まるで自分は優秀だったかのような口振りだけれど、ロベルト曰《いわ》く、父よりもローズのほうが遥かに優秀だそうだ。ローズは、幼い頃から公爵令嬢としてたくさんのことを学んできた。子爵家五男の、ろくに勉学もせずに遊び回っていた父とは比べるまでもない。会場にいる貴族たちも、それがわかっているのか、苦笑いを浮かべている。

「まあ！　私のことを気遣ってくださるなんて、お優しいのですね」

ローズが壇上に上がり、父の隣に立つ前に、私になにかを渡した。それはもちろん、鍵だ。

「ローズ、君も挨拶《あいさつ》をしておくといい」

味方がたくさんいるからか、ローズに対する態度がいつもと違う。ついさっき自分の娘が連行されたことを、キレイさっぱり忘れてしまったようだ。

「結構よ。ここにいらっしゃる方々は、もう終わりだもの」

ローズの言葉に、貴族たちが困惑と怒りを露《あら》わにする。

「終わりとは、一体どういう意味だ！」

「我々を、侮辱《ぶじょく》する気か!?」

ローズは、彼らを蔑《さげす》んだ目で見下ろした。

「本当にわからないの？　あなた方はバーディ侯爵家の当主が誰なのか、もうご存じのはず。自分たちがモニカにしてきた仕打ちを考えたら、これからも交流ができるだなんて思ってはいないでしょう？」

ここにいる貴族たちは、父に借金をしている者や、父に忠誠を誓う代わりに役職を与えられていた者たちがほとんどだ。だから、父と懇意《こんい》にしてきたのだ。

けれど、貸したお金はバーディ侯爵家のものだ。役職にしても、侯爵である私の許可を得られなければ無効となる。今まで、私の署名が必要な書類にも、私の名前を使って父が書いていた。私がしていないと言えば、全ては無効となるのだ。侯爵である私を蔑《ないがし》ろにしてきた貴族たちには、なんの義理もない。

つまり、彼らは終わりなのだ。けれど今は、脅《おど》すだけで充分。

「ローズ、それくらいにしておいて。皆様が怯《おび》えているわ」

父がしているであろう不正について、ディアナがなにか掴めそうだと言っていた。おそらく、金庫の中にもなにかしらの手がかりがあるだろう。ここにいる貴族たちも、父も、義母も、まとめて地獄に送る日は遠くない。それまでは、怯《おび》えながら日々を過ごしてもらう。

「不安にさせてしまってごめんなさい、お父様。でも、あの書類がある以上、私はお父様に従うわ」

もう一度父の首に腕を回しながら耳元でそう囁《ささや》き、気づかれないように鍵を戻す。すぐに離れると、そのまま壇上から降りた。

幼い私を騙《だま》して書類に署名させたことや、当主代理の立場でありながら侯爵家のお金を無断で使い込んだことだけでも、父を告発することはできる。拘留中に、他の罪の証拠を見つけ出すこともできるだろう。

けれど、その罰《ばつ》は国が与えるものに過ぎない。

母を苦しめた父を、じわじわと追い詰めて苦しめる。それが、私の復讐《ふくしゅう》だ。

壇上から降りて出口に向かうと、会場内にいる貴族や生徒たちが道を開けた。

怯《おび》えたように息をのみ、私から目を逸らしている。

悪女にでも、なった気分だ。

今日のことで、ここにいる貴族たちは父との関係を考え直すだろう。

そうしたところで、手遅れなのだけれど。

そのまま自分の部屋に戻り、ロベルトから書類を受け取る。

ようやく、手に入れることができた……

こんなものに署名してしまったせいで、父はこの家を我がものにしたつもりになっていた。

これがなかったら、使用人たちに苦労させることもなかったかもしれない。義母もサンドラも、少しは違っていたかも。

けれど、この書類に署名してしまったから、私は自分の判断がどれほど重要になるのかを身をもって知った。

それにもう一つ。書類とともに、父が不正に手を染めたという証拠が記されている帳簿も手に入れることができた。

「それからモニカ様、こちらも金庫に入っていたものなのですが……」

「これ、って……」

なんだか胸騒《むなさわ》ぎがした。

恐る恐る受け取った書類に目を通す。

「そんな……！」

そこに描かれていたものが信じられず、身体が震えそうになる。

次の瞬間、ノックの音が聞こえて、私は書類を慌てて机の引き出しに隠した。

「モニカ、今日はお疲れ様」

「みんな、どうしたの？」

「私はこれで、失礼いたします」

ロベルトと入れ替わりで、ローズとディアナ、そしてアンソニー様が部屋に入ってきた。

「どうしたのって……終わったらモニカの部屋に集合だと言っていたでしょう？　ちゃんと愛しの君も連れてきたわよ」

言われてはいた……けれど、慣れないことをして、ドッと疲れが押し寄せてきたせいで、完全に忘れていた。

「愛しの君って？」

アンソニー様が不思議そうに小首をかしげる。

なんてことなの!?　ローズのバカ！　アンソニー様の前で、そんなこと言うなんて！

「アンソニー様のことですよ。私のことだったら、よかったのに」

ディアナまで……もう嫌……

「ディアナ、ふたりきりにしてあげましょう。モニカが私たちを睨《にら》んでいるわ。お茶の準備をしに行くわよ！」

ふたりは逃げるように部屋から出ていった。

「俺が、君の『愛しの君』だなんて、嬉しいな。俺の気持ちは伝えたが、君からは一度も聞いていなかったから」

私にとってアンソニー様は、最愛の人だ。

けれど、気持ちを伝えてもいいのかわからない。

「……私が、アンソニー様をお慕《した》いしてもいいのでしょうか？」

怖くて、彼の目を見ることができない。

私は、血の繋がった父に復讐《ふくしゅう》しようとしている。こんな私に、彼を愛する資格があるのだろうか。

「不安なのは、復讐《ふくしゅう》しようとしているからか？　そんなことを、俺が気にするとでも？　俺は君の言葉で救われた。君のおかげで、自分は化け物ではないと思えたんだ」

「私は、あの父の血を引いています。母の復讐《ふくしゅう》のために、父を苦しめることを選びました」

これは、私が選んだ道。

そうしなければ、前には進めないと思った。

何年も、義母にされてきたことを記録してきたのも、いつか報いを受けさせるため。ムチで打たれた痛みは傷が癒《い》えれば消えていくのに、心の痛みは消えない。

アンソニー様は、『君の目は澄《す》んでいてとても綺麗だ』と言ってくれたけれど、今の私の目は……きっと澄《す》んでいない。

それに……

「アンソニー様に、見ていただきたいものがあります」

先ほどロベルトから渡された書類を、机の引き出しから取り出してアンソニー様に渡す。

「……っ⁉」

渡した書類を見て、アンソニー様の顔色が変わった。

「やはり、アンソニー様が見たタトゥーと同じ模様ですか？」

先ほどロベルトから渡された最後の書類には、ある模様が描かれていた。

それは、いつかアンソニー様が話してくれた、襲撃犯《しゅうげきはん》の男にあったタトゥーと同じ特徴のもの。

燃え盛る青い炎に、剣を突き刺した模様だった。

「……どこでこれを？」

「父の金庫の中に、入っていたそうです。父は、公爵家を襲撃《しゅうげき》した者たちと、なんらかの関わりを持っていたのかもしれません」

父が襲撃犯《しゅうげきはん》と関わっていたのなら、なおさら自分がアンソニー様のおそばにいていいのかわからない。私は彼にとって、辛い過去を思い出させる存在になってしまう。

「だから、そばにはいられないと？　君は、なにも悪いことをしていない。この書類がなにを意味しているとしても、君への想いが揺らぐことは決してない」

「でも……」

「もう黙ってくれ」

そう言って、アンソニー様は私の手を引いて抱き寄せた。

「アンソニー……様？」

腕の中にすっぽりと収まり、戸惑いながら彼の顔を見上げる。

「俺が聞きたいのは、そんな言葉じゃない。俺が、好きか？」

そんな聞き方は、ズルい……

「好き……です。誰よりも、アンソニー様が好き」

初めて、気持ちを伝えられた。想いが溢れ出してくる。

「やっと聞けた。俺は、君の全てを愛している。この気持ちは、なにがあっても変わることはない……永遠に」

彼の顔が、ゆっくりと近づいてくる……

「よく見えない！　もう少しドアを開けてよ」

「ダメですよ、ローズ様！　これ以上は……」

近づいてきた彼の唇が、もう少しで触れそうなところで止まる。視線をドアに向けると、ローズとディアナがバレバレな覗《のぞ》き見をしていた。

彼から慌てて離れると、アンソニー様が不機嫌《きげん》そうに溜め息をついた。

「なにをしているんだ？」

アンソニー様は、ふたりを睨《にら》みつけながらドアを開ける。

「ローズ様のせいですよ！」

「もう少しだったのに、どうしてやめてしまうの!?」

アンソニー様は、さらに鋭い目つきで睨《にら》みつける。

「お前たちのせいだ！」

アンソニー様は不機嫌《ふきげん》そうだったけれど、私の心は幸せで満たされていた。

こんなに幸せを感じる日が、私に訪れるとは思っていなかった。

全ては、あの日アンソニー様に出会った日から始まった。ルーファス様に婚約破棄され、消えてしまいたいと思っていた私に、アンソニー様は戦う勇気をくれた。

もう二度と親友はできないと思っていた私に、ディアナは強く生きる力をくれた。

父が犯した罪を知り、打ちひしがれていた私に、ローズは安らぎをくれた。

私はひとりではないのだと、そう思わせてくれた三人が大好きだ。

「モニカ」

ふたりに文句を言っていたアンソニー様が、ふと真面目な表情で私を見た。

「はい」

どうしたのかと、首をかしげながら返事をする。

「俺はもう、逃げないと決めた。今年の騎士の試験を、受けようと思う」

襲撃《しゅうげき》事件以来、彼は剣を持つのをやめた。

その剣を再び持つということは、過去と向き合うと決意をした証。

「応援します」

彼の決意を、全力で応援する。彼が、私にそうしてくれたように。

「剣術はだいぶ錆《さ》びついているけど、絶対に合格してみせる。モニカ、合格したら、俺と結婚してくれないか？」

婚約ではなく、結婚⁉

いきなりのプロポーズに驚く。

「きゃ～‼　プロポーズよ‼　こんなの、初めて‼」

なぜか、ローズがものすごく喜んでいる。けれど、その声に背中を押された。

「よろしくお願いします」

生涯一緒にいたい相手は、彼しか考えられない。

私の返事に、アンソニー様はとろけそうなほどの笑顔を見せた。

第五章

騎士の試験は、一カ月後。

六年も剣を握っていないというアンソニー様はたった一カ月で、六年のブランクを乗り越えなければならない。

けれど、不安はなかった。きっと彼は、必ず合格すると信じている。

翌朝から、送り迎えはいらないとアンソニー様に伝えた。時間を、少しでも剣術の練習に使ってもらいたかったからだ。

父も義母も、あれからなにも言ってこない。

私が会場を出た後、貴族たちからの質問攻めにあっていたそうだ。父を信用する貴族は、もういないだろう。その証拠に、毎日のように貴族たちが訪問してくる。会う気はさらさらないので、門番に追い返してもらっている。

それでも父は、あの書類に縋《すが》るしかない。それ以外に、この屋敷を追い出されずに済む方法はないからだ。

念のため、執務室のドアの鍵は替えてある。金庫の中身を、父が確認できないようにするためだ。

屋敷から一歩も出られず、部屋から出てローズに会えば嫌味を言われ、自室には義母が入り浸《びた》っている。義母は父とずっと一緒にいられて幸せそうだけれど、父は日に日にやつれていっている。

サンドラが捕らえられ、学園での生徒たちの態度が明らかに変わった。

気を遣われるのも、媚《こ》びを売られるのもうんざりだ。なにをされても、彼らへの気持ちが変わることはない。今さらもう、遅いのだ。

「モニカ様、今日もお綺麗ですね！　肌もツヤツヤで、髪もサラサラ！　どんなお手入れをしたら、そんなにお綺麗になれるのですか？」

わざとらしいお世辞《せじ》だ。食事を取れるようになり、お手入れもできるようにはなったけれど、あのガサガサだった肌とパサパサだった髪が、そう簡単に綺麗になったりしない。

「そうね、食事は一日パンひとつで、井戸水で髪も身体も洗えばいいのではないかしら？」

「そ、そうなのですか？　やってみようかしら……」

目を合わさずに、女子生徒はそう言った。

少し意地が悪かったとは思うけれど、何度も何度も見え透いたお世辞《せじ》を言われることに嫌気がさしていた。でも、それも今日で終わる。

「ええそうね。でも、成果を見ることはできないかもしれません。明日、お会いできるかはわからないので」

女子生徒に笑いかけながらそう伝えると、彼女は目をパチパチと瞬かせて私を見た。

「どういう……ことでしょうか？」

「今日、お帰りになればわかるわ」

にっこりと微笑《ほほえ》み、その場から離れる。女子生徒は、その場から動くことができないようだった。

私はサンドラの取り巻きや、私の悪口を言っていた生徒たちの屋敷に手紙を送ったのだ。

あまりの人数で、少し時間がかかったけれど、なんとか全部書き終えた。手紙は、ローズのアイデアだった。

「ひとりひとりの屋敷を訪問するわけにはいかないし、手紙で済ませましょう」と言われたけれど、手紙を書くのもかなり大変だった。内容は、私がされたことについてだ。

正直、ここまでする必要はないのではと思っていた。その気持ちをローズに伝えると、「モニカはただでさえ若い侯爵なのだから、軽く見られないようにしなければダメよ！」と言われた。

その通りだった。すでに私は、軽く見られている。

この先侯爵として厳しい決断を迫られることもあるだろう。

だから私は、彼女たちに甘い顔は見せないと決めた。

翌朝、学園に登校すると、三分の一ほどの生徒が登校していなかった。後日、屋敷にはたくさんの謝罪の手紙が届いた。手紙だけでなく、直接屋敷に謝罪しに来た貴族もいた。

処分は、各々に任せた。跡継ぎからおろされた者、罰《ばつ》として留学させられた者、学園を退学させられた者……様々な罰《ばつ》がくだされた。

今学園に残っているのは、私への虐《いじ》めに加担しなかった生徒たちがほとんどだ。虐《いじ》めに加担しなかったとはいえ、味方なわけではない。最初から私に興味がなかった生徒や、バーディ侯爵家の当主が誰になろうと関わりのない派閥の貴族とその取り巻きたちは、いつも通りの学園生活を送っていたのだけれど……

「あなたがバーディ侯爵？　妙な噂《うわさ》を耳にしたのだけれど、アンソニー様と親しくしているというのは本当なの？」

彼女は、シルビア・バーネット。バーネット公爵令嬢だ。あまり貴族に詳しくない私でも、彼女のことは知っている。

それに、この声……どこかで聞いたような……

「アンソニー様とは、親しくさせていただいております」

五人の取り巻きを従えて、高圧的な態度の彼女。

「勘違いではなくて？　アンソニー様があなたのような方と親しくなるなんてありえないわ。あなた先日、義姉が捕らえられたそうじゃない。身内が犯罪者だなんて、私なら恐ろしくて近寄りたくないわ」

恐ろしくて近寄りたくないと言いながら、アンソニー様のこととなると近づいてバカにするとは。

思い出した……この声は、アンソニー様に初めて会った時に彼を捜していた女子生徒の声だ。

まさか、あの声がシルビア様だったとは……

「恐ろしいなら、近づいていただかなくて結構ですよ。それに、誰と親しくするかは個人の自由です。アンソニー様が誰と親しくしようと、シルビア様には関係のないことでしょう」

あの苦痛の日々を過ごしてきた私に、怖いものなどない。

「なんですって!?」

「シルビア様に向かって、なんて口の利き方なの!?」

「やっぱり、罪人の家族だわ！」

取り巻きたちが目を剥《む》く中でも、さすが公爵令嬢というべきか、シルビア様は怒りを表に出さない。

「みんな、いいのよ。これでわかったわ。アンソニー様が、このような性悪《しょうわる》な方と親しいはずがないもの。噂《うわさ》は、あくまでも噂《うわさ》ということね」

そう言って、余裕な表情を見せていたシルビア様。

その顔色が、なぜか一瞬で真っ青になった。

「誰が性悪《しょうわる》だと？」

シルビア様の視線の先には、アンソニー様が立っていた。

「ア、アンソニー様……これは違うのです！」

アンソニー様の姿を見たシルビア様は、途端に態度を変えた。彼は私の隣に並び、私の目を見て微笑《ほほえ》んだ。そしてシルビア様に視線を向けて、口を開く。

「まさか、モニカを性悪《しょうわる》だと言ったのか？」

シルビア様を見る彼の目は、とても冷たい。

「モニカ様が、アンソニー様と親しい間柄だと嘘をつき、私を侮辱《ぶじょく》したのです！」

どちらかというと、侮辱《ぶじょく》されたのは私のほうだと思うのだけれど。

「嘘？　モニカは、俺の愛する人だ。親しい以上の関係だが、なにか問題があるのか？」

親しい以上の関係って……そんな誤解を招くような言い方をしなくても……

「う……そ……」

シルビア様の顔が強ばる。アンソニー様が、私のことを愛する人だと言ったことがよほど衝撃だったのだろうか。ショックと怒りが混じり合った表情で、手がぶるぶると震えている。

「私は、アンソニー様をずっとお慕《した》いしておりました！　なぜ、私ではないのですか!?」

アンソニー様とシルビア様が、どんな関係なのかはわからない。

けれど、今のシルビア様の状況を見ていると、ルーファス様に婚約破棄された時のことを思い出した。私はあの時、こんな風に気持ちを言えなかった。素直な彼女が、少し羨《うらや》ましい……けれど、アンソニー様を諦めるつもりはない。

「君に興味はないと、何度も言ったはずだ。これ以上、俺にもモニカにも関わるな」

彼は私の手を引いて歩き出す。

「アンソニー様！　お待ちください！」

シルビア様の呼び止める声には反応せず、立ち止まることも、振り返ることもなく歩き続ける。

横顔しか見えないけれど、彼が怒っているのがわかる。

彼の怒りは、私のことだけじゃない。なぜか、そう感じた。

ようやく立ち止まったのは、私たちの思い出の場所だった。彼は手を離すと、ベンチに腰を下ろす。彼の隣に、私も座った。

「すまない……嫌な思いをさせてしまった」

悲しげな目で、私を見つめるアンソニー様。

「嫌な思いをしたのは、アンソニー様のほうではありませんか？」

私は、シルビア様になにを言われても平気だ。

けれど彼は、すごく辛そうな顔をしている。

「……君には勝てないな。シルビアは、兄の婚約者なんだ」

シルビア様との間に、なにかあるのではと思ってはいたけれど、まさかお兄様の婚約者だったとは。それなのに、彼女はアンソニー様を本気でお慕《した》いしているように見えた。

「もしかしてシルビア様は、アンソニー様にブラント公爵家を継いでほしいとお考えなのでしょうか」

「そうなんだ。シルビアの父、バーネット公爵は、俺をブラント公爵家の跡継ぎにし、シルビアと婚約してほしいと言ってきた。兄とシルビアは子供の頃から婚約していて、想い合っていたはずだった。だが、あの事件の後から、シルビアは俺に好意を持ちはじめたんだ」

ということは、アンソニー様のお兄様は、まだシルビア様を想っているということだろうか。

「アンソニー様は、お兄様のために怒っていらっしゃったのですね」

「それもあるが、君を性悪《しょうわる》だなどと言ったことにも腹を立てている」

姉妹でも、私とサンドラはお互いを思い合うことはできなかったけれど、アンソニー様はお兄様のことが大切なのだと伝わってくる。

「わかっています。ですが、悪口はもう散々言われてきましたから、性悪《しょうわる》くらい可愛いものです。

それよりアンソニー様のお兄様は、どのような方なのですか？」

彼の手に自分の手を重ね、彼の目を見る。すると、彼の表情が穏やかになっていく。

「兄はいつも明るくて、優しい人なんだ。……その優しさを、シルビアは利用している」

アンソニー様のお兄様であるマーク様は、今もシルビア様を愛しているそうだ。

愛する人が他の誰かを想っている辛さは、私も経験したからわかる。そんなマーク様の想いを、シルビア様は利用していた。

シルビア様は、アンソニー様に想いを寄せながら、マーク様との婚約を継続している。婚約者がいる身でありながら、あれほど堂々とアンソニー様に想いを告げる彼女に、苛立《いらだ》ちを覚えた。

「私が言うことではないのかもしれませんが、シルビア様はどういうおつもりなのでしょう！　アンソニー様がお好きなら、婚約は破棄なさるべきです！　公爵令嬢としての立場があるというのなら、想いを告げるべきではありません！　こっちがダメならあっちになんて、人をなんだと思っているのでしょうか！　アンソニー様にも、マーク様にも失礼極まりないです！」

言い出したら止まらなかった。

「あはははははっ！」

鼻息を荒くする私を見たアンソニー様は、なぜか笑い出していた。

「アンソニー……様？」

涙が出るほど大笑いする彼を、不思議そうに見つめる。

「悪い。君が、俺と兄のことで怒ってくれていることが嬉しいんだ。モニカの言う通りだ……ぷ

「ぷっ、あははははっ」

笑いを堪《こら》えながら話したと思うと、また笑い出した。

跡継ぎのことだけでなく、シルビア様のことでも悩んできたのだろう。マーク様の気持ちを思えば、辛くなるのは当然だ。

ひとしきり笑うと、彼はベンチから立ち上がった。

「君は、本当に最高だ。モニカと話していると元気が出てくるよ。君を笑わせたいとずっと思ってきたのに、俺のほうがこんなに笑わせてもらっている」

そんな風に思ってくれていたなんて、嬉しくて顔がニヤけてしまう。

「私はいつも、アンソニー様に救われています。今の私があるのも、アンソニー様のおかげです。だから、そんな風におっしゃっていただけて、すごく幸せです！」

心の底から、幸せだー！　と思えた。

立ち上がり、満面の笑みで彼を見ると、なぜか赤くなっていた。

「……可愛すぎて困る」

口元を隠しながら言った言葉が、よく聞こえなかった。

彼は首をかしげる私の頬《ほお》を軽くつまむ。

「だから……そんな顔で見つめるな！」

顔を真っ赤に染めながら、アンソニー様はそう言った。

「いひゃいれすよ」

本当は痛くなかったけれど、わけがわからなかったので、ささやかな抵抗だ。

「ごめん……」

頬《ほお》から手を離し、彼はチュッと私の頬《ほお》にキスをした。

初めてのキスは、不意打ち。あまりに突然で、そのまま固まってしまう。

数秒後、私の顔も真っ赤に染まった。


あれから三日が過ぎたけれど、シルビア様の姿を見ることがなくて安心……と思っていたら、登校して早々に会ってしまった。

朝から、眩《まぶ》しいくらいキラキラしている。緩《ゆる》やかなウェーブがかかった金色の髪が、朝日に照らされてとても綺麗。私の髪とは、大違いだ。

目を合わさないようにして通り過ぎようと足早に歩いていたら、すれ違ったところで声をかけられた。

「アンソニー様は優しいから同情しているだけよ。愛されていると思っているようだけれど、勘違いしないことね」

同情……最初は、そうだったのかもしれない。彼の軽い言葉は、誰にでも言っているのだと思っていた。けれど、彼はそんなことはしていなかった。

シルビア様の言葉で、私が動揺《どうよう》すると思ったら大間違いだ。

私の心は、揺らいだりしない。

彼を、心から信じている。

「いい加減諦めたらどうですか？」

黙って通り過ぎるつもりだったのに、言い返してしまった。口にしてから後悔しても遅かった。

「諦めるとは、どういう意味？」

先ほどまでバカにするような目で私を見ていたのに、今は宝石のような青い目を吊り上げて、こちらを睨《にら》んでいる。

「私には、シルビア様のお考えが理解できません。アンソニー様を想っていながら、マーク様と婚約をしているのですよね？　家のために結婚することは、貴族なら仕方のないことです。しかし、婚約者がいながら別の方に想いを告げるというのは、いかがなものでしょうか」

婚約を破棄しないのは、アンソニー様がブラント公爵家を継がないとなった時、マーク様と結婚するつもりだからだろう。アンソニー様と想いが通じたら、公爵家を継ぐように説得しようと考えているのが手に取るようにわかる。

あんなに堂々とアンソニー様への想いを告げているあたり、マーク様は自分を愛しているから婚約は破棄されないという自信があるのだろう。自分を愛してくれている人の気持ちを利用して踏みにじるシルビア様とは、わかり合えそうにない。

「そういえば、モニカ様は婚約者に逃げられたものね。そんなあなたに、なにがわかるの？　私は、ブラント公爵夫人にならなければならないの。アンソニー様を愛しているからといって、婚約を破棄なんかできないのよ。義姉が犯罪者になるような侯爵家の人間には、わからないでしょうけれど」

この人は、自分勝手だとは思わないのだろうか。

まるで自分は被害者だと言わんばかりの、堂々とした態度。相手の気持ちなんて、まったく考えていないのがわかる。

「確かに、公爵令嬢であるシルビア様のお気持ちはわかりません。ですが、シルビア様に私のなにがわかるというのですか？　まるで自分だけが家のために我慢《がまん》しなければならない、悲劇のヒロインだと思っているように聞こえます。誰もが自分の思い通りに生きられるわけではありません。甘えるのも、いい加減になさったらどうですか？」

私の言葉に、悔しそうに唇を噛みしめるシルビア様。周りの取り巻きたちは、先日のアンソニー様の態度を見たからか、この前のようにシルビア様を庇《かば》おうとはしてこなかった。単純な人たち。

全てを失って、ひとりぼっちで死を覚悟していたエイリーンを思い出し、シルビア様の甘ったれた考え方に腹が立った。

幼い頃は、想い合っていた方がいて、今もその方が想ってくれているというのに、自分は不幸です！　という顔をして、想ってくれている方まで裏切っている。欲しいものは手に入れるという子供のような考え方に、呆れてくる。

「アンソニー様が、あなたなんかを愛しているはずがないわ！」

この前は落ち着いていたのに、今日は感情的になっている。アンソニー様が私を愛する人だと言ったことが、よほどこたえたようだ。

「授業が始まってしまうので、失礼します」

いくら話したところで、シルビア様が自分の考えを改めることはないだろう。それよりも、またこのようなところをアンソニー様に見られて、心配をかけたくない。

私はシルビア様を置いて、教室に向かおうと歩き出す。

「騎士の試験は、明後日よね？　アンソニー様は、私のために合格してくださるわ。その時、彼の気持ちがハッキリするのよ！」

試験が明後日なのは知っている。だからこそ、こんなことでアンソニー様を煩《わずら》わせたくなかった。

なぜか自信満々なシルビア様の態度が気になりはしたけれど、そのまま教室に向かった。

そして、アンソニー様の試験日がやってきた。

騎士の試験は、闘技場で行われる。

この国で騎士になるには、なによりも力を求められる。騎士学校で学び、学校で行われる試験に合格して騎士になる方法もあるが、アンソニー様は騎士学校に通っていない。

貴族には、剣術だけで騎士になる方法がある。それは、戦って勝つこと。力を求めるこの国らしい、シンプルな試験内容だ。

試験は、トーナメント式。受験者はアンソニー様を含めて十六人。優勝者はひとりだけれど、試験に合格する人数は毎年試験管次第だ。合格者がひとりの年もあれば、三人の年もあった。

私はローズとディアナとともに、闘技場に足を踏み入れた。観客席はたくさんの人たちで埋め尽くされている。

「なんだか、私のほうが緊張する……」

ディアナは祈るように手を胸の前で組み、アンソニー様が登場するのを待っている。

「ちょっと、やめてよ！　ディアナが緊張していると、私まで緊張してしまうじゃない！」

ローズまで手を胸の前で組み出した。

「ふたりとも、付き合ってくれてありがとう。闘技場に来るのは初めてだから、ひとりは不安だったの」

ローズとディアナは、サンドラの誕生日パーティー以来、仲良くなっていた。ローズは男爵令嬢だからとか、商人の娘だからという理由で差別したりはしない。

私の大好きな人たちが仲良くなるのは嬉しい。

「なにを言っているの⁉　モニカの結婚がかかった戦いなのよ？　こんな楽しいイベント、見逃すわけないじゃない！」

あれ？　思っていた理由と違うような？

「ローズ様⁉　それは、あんまりです！　モニカがアンソニー様のものになってしまうなんて、ものすごく悔しいけれど、モニカの幸せのために私はアンソニー様を応援すると決めたのです！

ローズ様も、本気で応援してください！」

えっと……ディアナも、なんだかズレているような？

それでも、応援してくれるのだから感謝しよう。

私たちが座っている観客席の少し前に、シルビア様たちの姿が見えた。彼女も私に気づいたようだったけれど、ローズがいるからか、話しかけてはこなかった。

「モニカ、アンソニー様よ！　アンソニー様ー！　負けたら許さないわよー‼」

ローズが興奮気味に席から立ち上がり、私の肩をバンバン叩いてくる。痛い……けれど、目を輝かせながら応援している姿を見ていたら、なにも言えなかった。

アンソニー様の一回戦の相手は、彼よりふたつ歳上の侯爵令息。この試験は、三回目の受験だそうだ。

試験は何度でも受けることができるけれど、一年に一度しか行われない。何年も試験を受け続けるのは、精神的にも体力的にもキツくなる。今回が初参加なのは、アンソニー様ただひとりだった。

「始め！」

開始の合図とともに、ふたりは剣を構える。

先に動いたのは相手のほうだった。

剣を上段に構え、アンソニー様に斬りかかる！　その剣をするりと避《さ》けて、アンソニー様はあっという間に、相手の首スレスレに剣を突きつけていた。

「そ、そこまで！」

開始から、たった一分の出来事だった。

あまりの強さに闘技場中が一瞬静まり返り、すぐに大歓声に包まれる。

相手は、決して弱くはない。試験は三回目だけれど、前回は決勝戦まで勝ち残っていたそうだ。

そんな相手を一瞬で倒してしまうほど、アンソニー様が強いということだ。

「や……った！　アンソニー様が、勝ったわ！　あまりに早くて、よくわからなかったけれど、勝ったわ!!」

楽しいイベント、だなんて言っていたのに、心から喜んでくれているローズ。

「モニカ！　やったね！」

嬉しそうな笑顔を見せてくれるディアナ。

アンソニー様が勝ったのは、すごく嬉しい。

けれど、勝敗が決した時、相手の口が「化け物」と言っていたように見えた。

彼に聞こえていなければいいのだけれど……。

一回戦と同じで、二回戦も三回戦もすぐに決着がついた。アンソニー様は順調に勝ち上がり、いよいよ決勝戦だ。

「相手の人、すごく強そう……」

「あの肉体……反則じゃない？　熊《くま》みたいに大きいし、岩より硬そうだわ」

ふたりの言う通り、相手はかなり大柄で見るからに強そうだ。彼が今年の優勝候補だと言われている。なぜ前回優勝しなかったのか不思議なくらいの恵まれた体格だ。十九歳には、とても見えない。

けれど、剣術は腕力だけでは勝てない。アンソニー様は、たった十二歳で二十人もの襲撃犯《しゅうげきはん》を倒している。

彼なら、きっと大丈夫。

祈るように、闘技場の真ん中に立つアンソニー様を見つめる。

不思議だった。十二歳から剣を握っていないアンソニー様が、必ず勝てると私は信じている。

「始め！」

開始の合図とともに、相手が剣を振り下ろす。リーチが長いからか、一歩も動かずにアンソニー様まで届いていた。

アンソニー様は紙一重で剣先を躱《かわ》したけれど、相手は剣を振り上げてもう一度振り下ろしてきた。

それを自身の剣で受け止めるけれど、力に押し負けそうになり後ろに飛び退《の》いた。

三回戦までとはまるで違う戦いに、観客は皆魅入《みい》っていた。

「アンソニー様……」

祈りながら、彼の名を口にする。

すると、私の声が届いたかのように、今度はアンソニー様が動き出す。

右から腹部めがけて斬りかかると見せかけて身を翻《ひるがえ》し、今度は左腕に剣を振り下ろす。切っ先は相手の右手の甲を少しかすめたけれど、剣を落とすほどではなかった。

一進一退の攻防が続き、なかなか決着がつかない。

私は立ち上がり、力いっぱい叫んだ。

「アンソニー様、負けないで!!」

少しでも、力になりたかった。

この大歓声の中、私の声が届くとは思えない。それに、私の声援が聞こえたからといって、力になれるとは思わないけれど、なにもせずにはいられなかった。

その時。

アンソニー様の雰囲気が、変わった。

素早く相手の懐《ふところ》に入り、相手がひるむ。相手は急いで斬りかかろうとしたけれど、すでにアンソニー様の剣は、相手の首元に突きつけられていた。

あれほど一進一退の攻防を繰り広げていたのに、勝負は一瞬だった。アンソニー様の動きは、騎士というより暗殺者のように見える。

「そこまで！」

闘技場は、一気に大歓声に包まれた。

アンソニー様は、観客席にいる私を見つけて手を振っている。私も手を振り返すと、少し前に座っているシルビア様もアンソニー様に向かって手を振っていた。

「なにあれ……」

ローズはそれを見て、今にも喧嘩《けんか》を売りに行きそうだ。

「放っておきましょう。こちらから関わる必要はないわ」

「そうね！　ローズ様、短気はいけませんよ？　アンソニー様が優勝したということは、試験に合格したということ！　つまり、ふたりは結婚するということだもの！」

そうだった……

確かにアンソニー様は必ず合格すると信じていたけれど、結婚に関しては、まだ心の準備ができていない。

結局、試験に合格したのはアンソニー様ともうひとり、決勝戦の相手のクリフト・ダーウィン様。クリフト様は、現騎士団長のご子息だそうだ。


「モニカ！　君の声が聞こえたんだ！」

アンソニー様に会うために控え室に行くと、私の顔を見た瞬間、彼はそう言った。

ローズとディアナは、「ふたりきりになりたいでしょう？」と、先に帰っていった。

「聞こえていたのですね……」

大きな歓声の中、自分の声が届いていたことが嬉しかった。

アンソニー様は両手で私の手を握り、跪《ひざまず》く。

「モニカ・バーディ、俺と結婚してください」

真っ直ぐ見つめてくる彼の眼差しに、心の奥がキュンと音を立てる。

考えるよりも先に、「はい」と答えていた。

「ですが、結婚式は私が正式に侯爵になるまで待っていただけませんか？」

全てを終わらせた後で、彼と結婚したい。私にはまだ、やらなければならないことがある。

アンソニー様はゆっくりと立ち上がり、優しく微笑《ほほえ》む。

「君なら、そう言うだろうと思っていた。だが、今から俺の両親に会ってもらいたい」

「ご両親に⁉」

急にご両親に会ってほしいと言われ、プロポーズよりも驚いた。

確かに、結婚をするのだから、ご両親に挨拶《あいさつ》をするのは当然のことだ。そう頭ではわかっていても、気持ちがついていかない。

アンソニー様は今日、ブラント公爵邸に来るようにと言われていたようだ。今まで私に黙っていたのは、「試験に合格したら結婚をしよう」と言った手前、合格前に両親に会ってほしいとは言えなかったからだそうだ。

アンソニー様は言わなかったけれど、試験に受からなければ、実家に戻るつもりはなかったのだと思う。

この結婚で、アンソニー様がブラント公爵家を継ぐことはないとはっきり伝えるためにも、彼のご両親に会いに行こうと決めた。

「ご結婚されるのですか⁉　それは、おめでとうございます！」

私たちの話が控え室の外にも聞こえていたらしく、いきなりドアが開いてクリフト様が入ってきた。

「ノックもせずに、いきなり失礼しました！　あまりにもびっくりして、思わず入ってきてしまいました」

試験の時とは、かなり印象が違う。戦っている時は怖そうな雰囲気だったけれど、すごく気さくな方のようだ。アンソニー様とは、試合後に仲良くなったらしい。帰宅する前にアンソニー様に挨《あい》拶《さつ》をしようと控え室を訪ねてきたら、結婚の話が聞こえて思わず入ってきたとのことだった。

「初めまして、モニカ・バーディと申します。アンソニー様と仲良くなってくださり、ありがとうございます」

急に入ってきたことには驚いたけれど、アンソニー様に友人ができたことが嬉しかった。今まで一度も、彼の友人に会ったことがなかったからだ。

「初めまして、クリフト・ダーウィンと申します。友人が結婚するのは、誠に嬉しいことです。お邪魔になってはよくないので、私はこれで失礼しますね。結婚式には、必ず呼んでください！　では、また」

嵐のように現れて、嵐のように去っていった。

「変わった人ですね。でも、悪い方ではなさそう」

「そうだな」

アンソニー様は、嬉しそうに微笑《ほほえ》んでいた。

闘技場を出た後、すぐにブラント公爵邸に向かう。目的地が近づくにつれ、緊張でガチガチになっていく私の手を、彼はそっと握ってくれた。

屋敷に到着して馬車から降りると、大勢の使用人たちが出迎えてくれた。といっても、私が来ることを彼らは知らないはず。これは、アンソニー様を出迎えるためのものだ。

「バーディ侯爵、ようこそお越しくださいました。ブラント公爵家執事、ハリソンと申します」

私を、知っている？

不思議に思ってアンソニー様の顔を見ると、彼も驚いているようだった。

「どういうことだ？」

アンソニー様が問いかけると、サミュエルが申し訳なさそうにペコペコと頭を下げていた。サミュエルとは、アンソニー様の従者だ。

「まったく……」

困ったように溜め息をついてはいるけれど、怒ってはいないようだ。

「アンソニー様、バーディ侯爵様、旦那様と奥様がお待ちです。こちらへ」

執事に案内されたのは、広い応接室だった。部屋の中に入ると、聞き覚えのある声が聞こえてきた。

「なぜあなたが、ここにいるの!?」

その声の主は、シルビア様だった。彼女は驚いた顔でそう言った後、鋭い目つきで睨《にら》んできた。

それは、私の台詞《せりふ》だ。

アンソニー様のご両親に会いに来たはずが、部屋の中にいるのはシルビア様と、シルビア様のご両親、そしてマーク様まで揃《そろ》っていた。この状況は、一体なんなのだろうか……

「父上、これはどういうことでしょうか？」

アンソニー様も、家族だけの集まりのつもりでいたらしく、まさかシルビア様たちまでいるなんて思っていなかったようだ。

「まあ、話を聞いてくれ。皆、席に着いてほしい」

案内された席に腰を下ろし、ブラント公爵の話を聞く。

「まずは、アンソニー。騎士試験、合格おめでとう。お前なら必ず合格できると思っていた」

アンソニー様のご両親とマーク様は、私が来ることがわかっていたのか、笑顔を向けてくれる。けれど、シルビア様と彼女のご両親は私の存在に苛立《いらだ》っているようだ。さっきから視線が突き刺さって、そちらを見ていなくても凝視《ぎょうし》されているのがわかる。

「……ありがとうございます」

この状況に納得がいかない様子のアンソニー様。お礼の言葉には、心がこもっていない。

「挨拶《あいさつ》が遅れてしまい、申し訳ありません。バーディ侯爵のことは、サミュエルから聞いておりました。お会いできて、嬉しく思います」

ブラント公爵は、とても穏やかな表情で丁寧に挨拶《あいさつ》をしてくれた。まだ代理を必要としている立場の私を、侯爵として扱ってくれるとは思わなかった。

「お初にお目にかかります、モニカ・バーディでございます。こちらこそ、お会いできて光栄です」

私がこの場にいるのは場違いのように思えるのだけれど、ブラント公爵は歓迎してくれているようだ。

「お聞きしてもよろしいでしょうか。なぜこの場に、関係のない方がいらっしゃるのです？」

ブラント公爵とは大違いの、トゲのある言い方をしながら私を見るバーネット公爵。『お前は邪魔だ』と、目が物語っている。

「モニカを侮辱《ぶじょく》するような言い方は、やめてもらいたい」

アンソニー様は、私を庇《かば》うように身体を傾《かたむ》けて、バーネット公爵を睨《にら》みつけた。

「な⁉」

バーネット公爵は、アンソニー様の態度に顔を真っ赤にして立ち上がった。

「先ほど私は、まずは話を聞いてほしいと申し上げました。私の言葉を理解するのは、それほど難しかったですか？」

静かだけれど、どこか怒りを含んだ声。ブラント公爵が、アンソニー様のような威圧感を醸《かも》し出している。

いや、さすがお父様……アンソニー様よりも、怖い。

「す、すまない……」

ブラント公爵の制止で、素直にイスに腰を下ろすバーネット公爵。父親のその行動に、シルビア様は悔しそうに唇を噛みしめた。

「わかっていただけて、感謝する。話というのは、婚約者についてだ。アンソニーはすでに結婚を決めているようなのだが、実際に結婚するまでは、婚約者という扱いになる」

まるで、私たちの結婚を認めてくれているような言い方だ。先ほどのブラント公爵の反応を見たからか、口を挟みたくてもできないシルビア様の顔が、だんだん険しくなっていく。

「アンソニー、ずいぶん素敵な女性を見つけてきたな。あれほど拒絶していた剣を、また息子に持たせ、騎士にまでさせてくれたモニカ……私たちは家族になるのだから、そう呼ばせてもらうよ。

モニカには、心から感謝している。息子を、アンソニーを頼む」

自然と涙が溢れ出した。

私を認めて、頭まで下げてくださるブラント公爵の誠意ある言葉で、胸がいっぱいになる。

「こちらこそ、よろしくお願いいたします！」

涙をぬぐうことはせず、イスから立ち上がり、心を込めて頭を下げた。

そんな私を、安心したように優しく見つめるアンソニー様。

「父上、感謝いたします」

アンソニー様の言葉を聞いて、痺《しび》れを切らしたのはシルビア様だ。

「納得できません！　アンソニー様は、私のために騎士になると決心してくださったに違いありませんわ！　きっと、私と婚約するにはなにかを成し遂《と》げなければならないとお考えになったのです！　アンソニー様はお優しいから、マーク様に気を遣っているのです！　彼女とのことは、周囲を欺《あざむ》くためにしていたことに過ぎません！」

自分本位な考え方をする彼女に呆れる。全ては、自分のため……。彼女のあの自信は、アンソニー様が自分のために試験を受けるのだと思っていたからのようだ。

「黙れ、シルビア」

その声は、ブラント公爵でもアンソニー様でもない。ずっとにこやかに微笑《ほほえ》んでいた、マーク様だった。

さすが親子？　兄弟？　三人とも、そっくりだ。

今までにこやかだったマーク様の豹変ぶりに、シルビア様はショックを受けているようだった。

マーク様を見つめたまま、固まっている。

「ここからは私が話します。父上、よろしいでしょうか？」

「ああ、構わない」

ブラント公爵は頷《うなず》くと、マーク様に任せた。

「まずはシルビア、いい加減に自分が一番だという考え方はやめなさい。アンソニーは、君を愛してなどいない。そもそも、なぜアンソニーが君に目を向けると思ったのだ？　性悪《しょうわる》で自分勝手、誰からも愛されていないのだと勘違いしている。他人を思いやれないばかりか、自分を引き立たせるための道具だとすら思っている。そんな君に、魅力なんてまったくない」

マーク様の口から、シルビア様の悪口が次から次に出てくる。いや、悪口というより全部真実なのだけれど……マーク様は本当に、シルビア様を愛しているのだろうか。

「僕が君を愛しているからと思い込み、いつまでも好き勝手されては困る。僕が愛していたのは幼い頃の君であって、今の君ではない。だから決めたよ。君との婚約は、なかったことにしよう。君のような人間を、妻に迎えることはできない。ブラント公爵夫人に、君はふさわしくない」

ハッキリと告げられ、シルビア様の瞳から涙が流れたけれど、身体はまだ固まったままだ。

「な……にをおっしゃっているのですか!?　ブラント公爵、このような話は聞いておりません！　婚約は、家同士の問題です！　こんな簡単に、婚約をなかったことにされては困ります！」

テーブルをバンッと叩きながら、バーネット公爵は抗議する。

「簡単？　シルビアがアンソニーに色目を使っていたのを、私が知らないとでも？　なにか勘違いをしているようだが、シルビアとの縁談は君がどうしてもと何度も頭を下げて頼んできたから、仕方なくマークと婚約させたものだ。それを勝手にアンソニーに近づき、ブラント公爵家を継いでシルビアと婚約をしてほしいなどと言ったそうだな。今まで黙っていたのは、マークがシルビアを愛していたからだ。マークが決めた以上、婚約を続ける必要はない。息子を侮辱《ぶじょく》したことを、私が許すと思わないことだな」

この親子は、怒らせてはダメだと悟った。それを一番痛感しているのは、バーネット公爵だろう。決して声を荒らげるわけでも、感情的になるわけでもなく静かに話す姿はとても冷たくて、恐ろしい。

バーネット公爵夫人は、終始オロオロしていた。シルビアは父親似のようだ。けれど彼女は、まだ固まったままマーク様を見ている。

「申し訳ありません！　娘可愛さに、ご無礼をしてしまいました！　し、失礼いたします！　シルビア、行くぞ！」

バーネット公爵は自分の立場を理解したようで、ペコペコと頭を下げながら帰ろうとした……のだけれど、シルビア様は動こうとしない。

「シルビア？　これ以上、機嫌《きげん》を損ねては我が一族が潰《つぶ》され……いや、ご迷惑をおかけするんじゃない！　行くぞ！」

心の声が、ダダ漏《も》れだ。

ブラント公爵がなにも言わないからと、自分たちの思い通りにしようとしていたのだから自業自得だろう。

「お父様は黙っていて！　私は、マーク様の婚約者でいます！　マーク様は私の全てです！　あんなに私をわかってくださり、叱ってくださった！　マーク様、愛しています！」

その場にいたシルビア様を除いた全員が、心の中で『なにを言っているんだ？』と思っていることだろう。

先ほどまでアンソニー様アンソニー様と言っていたのに、都合がいいことこの上ない。

「シルビア、僕は君を愛していない。悪いが、君の顔は二度と見たくないんだ」

マーク様は、冷たくそう言い放った。

バーネット公爵はこれ以上ブラント公爵を怒らせたくないのか、シルビア様を無理矢理連れていこうとする。

「マーク様……嘘ですよね？　マーク様は、優しいだけだと思っていました！　けれど、違っていた……私が、間違っていました！　私には、マーク様しかいません！　私を、捨てないでください！」

バーネット公爵に引きずられながら、シルビア様は懸命に想いを伝えている。その想いが、マーク様の心を動かすことはないだろう。

バーネット公爵家の方々が帰り、部屋の中はようやく静かになった。

「見苦しいところを見せてしまい、申し訳ない。シルビアは、君にも失礼なことをしたそうだな。

すまなかった」

「そんな！　お気になさらないでください！」

ブラント公爵は、本当に素敵な方だ。私の父とは、大違いだ。

「そういえば、アダリンドは君の叔母だそうだな。昔、ローズ嬢をマークと婚約させないかと聞いて、『ローズは公爵になるのだからダメよ！』と叱られたことがある。まさかアダリンドの姪が、アンソニーと婚約することになるとはな。嬉しい限りだ」

ブラント公爵が叔母様と仲が良いことにも驚いたけれど、マーク様とローズの婚約話があったなんて思いもしなかった。

「父上、説明していただけますか？」

なにも聞かされていなかったアンソニー様は、少し不機嫌《ふきげん》なようだ。

ブラント公爵は最初から、マーク様を跡継ぎに決めていた。それを代えるつもりは、まったくなかったようだ。周りがアンソニー様を跡継ぎに祭り上げようとしたことで、シルビア様がアンソニー様を追いかけるようになり、バーネット公爵もそれを望んだ。

傍観《ぼうかん》していたのは、マーク様がシルビア様を愛していたという理由もあるけれど、信用できない者を見極めて付き合い方を考えるためでもあったという。

「俺には、話してくれてもよかったのでは？」

知らなかったのは、アンソニー様だけだったようだ。彼は今まで、ブラント公爵を誤解していた。マーク様の気持ちを考えずに、自分を跡継ぎにしようとしていると思っていたのだ。

「話そうとしたら、お前が屋敷を出ていったのではないか。何度呼んでも屋敷に帰らなかったのに、結婚相手を紹介するために帰ってくるとはな」

その通りすぎて、アンソニー様はなにも言えなくなっていた。

「お前たちの結婚式は、盛大に行おう！　だが、その前にやらなければならないことがある」

ブラント公爵の目つきが変わり、私を厳しい目で見つめる。

私も、負けじとその目を真っ直ぐ見つめ返した。

きっと、父とブラント公爵邸襲撃《しゅうげき》の関わりについての話だろう。

私がそう思って覚悟した瞬間……ふっと力が抜けたように、ブラント公爵の目が優しいものに変わった。

「とある筋から、君が父親と義母であるシンシアを調べさせていることを聞いた。まさか、彼らがあの襲撃《しゅうげき》に関わっていたとは思わなかった」

あの模様の件も、ディアナに調べてもらっていた。色々な職業の人や身分の人に聞いて回ってもらったのだけれど、それによってブラント公爵にも噂《うわさ》が届くであろうことまでは、考えていなかった。

父が事件に関わっていると知りながら、公爵は私を温かく受け入れてくれたのだ。

本当に、器の大きな方だと思う。

私は、知っている全てのことを話した。隠すことなどなにもない。父や義母やサンドラにされてきたことも、包み隠さず話した。

「まさか、自分の娘にそのような真似をするとは……」

ブラント公爵は、家族をとても大切にしている。父のような人の気持ちは、理解できないだろう。いや、ブラント公爵でなくとも普通は理解できないだろう。娘の私でさえも。

「父や義母の不正に関しては、金庫に入っていた書類や友人のおかげで調べがついたのですが、襲《しゅう》撃犯《げきはん》との関わりについてはまだ確実な証拠を掴めていません。どうやら父や義母、そして義母の家族が関わっているようなのですが……」

「それなら、私に任せてほしい」

公爵の言葉は、ありがたかった。父や義母、義母の父が関わっていたのは明らかだったのだけれど、証拠として手に入れたのは、義母と義母の父が隣国のスパイと会っていたところを見た、という商人の話だけ。それだけなら、たまたま会っただけだと言われてしまえばそれまでだ。追い詰めるには、まだ弱かった。

「ありがとうございます。よろしくお願いします」

証拠を手に入れたら連絡すると言われ、その日はそのままアンソニー様に屋敷まで送ってもらった。今までよりも、さらに彼に近づけたような感覚。

離れがたくなり、玄関の前で一時間ほど見つめ合っていたのだけれど……

私の帰りをローズが待っていたようで、痺《しび》れを切らした彼女が玄関のドアを開けた。名残惜《なごりお》しそうに帰っていくアンソニー様を見送ると、今日あったことを根掘り葉掘りローズに聞かれ、洗いざらい話をさせられた。

一週間後、シルビア様の姿が学園から消えた。

彼女は退学したのだと、態度をコロッと変えた取り巻きたちが言っていた。

あの後、大勢の貴族がブラント公爵から縁を切られたと、バーネット公爵のもとに苦情を言いに来たそうだ。

ブラント公爵は、バーネット公爵と繋がりのある全ての貴族と縁を切った。英雄を敵に回したバーネット公爵に、未来はない。毎日毎日苦情を言いに来る貴族たちに嫌気がさし、とうとう公爵は自室から出てこなくなったそうだ。

取り巻きたちの家々もバーネット公爵を見限ったが、公爵に頼り切りだったせいで、自分たちにもなにも残らなかったようだ。学園に通わせる費用もバカにならないと、取り巻きたちも退学することになるらしい。

この分だと、学園から生徒がいなくなりそうだ。

そうは思ったけれど、この学園は元々、ほんのひと握りの上位貴族のために作られた学園だった。だから、学園に通うためには多額の寄付金がいる。それは入学する者を厳選《げんせん》するためだったのだが、いつの間にか財力を知らしめるためにほとんどの貴族たちが借金をしてでも我が子を入学させるようになってしまった。今の生徒数が、ちょうどいいということだ。

シルビア様はというと、ずっとマーク様の名を口にしているそうだ。マーク様に嫌われたことがよほどこたえたようで、あの自信満々な彼女はどこへやら、まるで別人のようになってしまったらしい。

マーク様は今、新しい婚約者を探している。そのことを知れば、彼女はさらに立ち直れなくなるだろう。

そんな時、サンドラの刑が決まった。彼女は、自分がエイリーンに私の殺害を命じたと認め、深く反省しているようだ。あのサンドラが反省しているとは、私にはとても思えない。彼女は自分が助かるためなら、どんな演技でもするだろう。現に、罪を認めて深く反省してみせたことで、死罪は免《まぬが》れていた。

けれど、私がサンドラの立場だったら死罪になったほうがよかったと思うだろう。彼女は国の北にある収容所に送られる。収容所には、多くの罪人が収容されている。数十年罪を償《つぐな》いながらそこで働き、刑期が終われば出られる……のだが、今まで刑期を終えて出てきた者はいない。

北の地は極寒だけれど、囚人の服は薄く、震えながら作業をすることになる。

食事は一日に一度。冷たく硬くなったパンだけだそうだ。

皮肉にも、これまで私のしてきた生活と似ていた。サンドラの刑期は、十五年……生きて戻れることはないだろう。

そのことを、父と義母に伝えた。

「まあ！　なんて可哀想なサンドラ！」

義母はそう言ったけれど、まったく感情がこもっていない。自分の娘がどうなろうと、どうでもいいように見える。ルーファス様の件では、あれほどサンドラのために激怒していたのに、どのような思考回路をしているのだろうか。

「お前を殺そうとしたのだから自業自得だ。むしろ軽すぎるほどだな」

父の反応はこれだ。自分の邪魔になる者は、娘であろうと関係ないようだった。私にしてきたことを考えると、サンドラのことも最初から愛していなかったのかもしれない。

この人たちが、人の親なのが信じられない。ブラント公爵に会ったからか、余計にそう思える。

「そんなことよりも、少し金を用意してくれないか？　ずっと屋敷に閉じ込もっていて、おかしくなりそうなんだ。たまには、外に出たい。頼む！」

そんなこと……

この人は、救いようがない。

「あら、それはできないわ。モニカにはまだ自由にできるお金はないんですもの。先に言っておくけれど、私に頼んでも無駄よ。あなた方に使うお金なんてないわ」

ローズは、嘘をついた。

代理の仕事はローズがしてくれているけれど、お金は私が自由に使うことができる。彼女は父に使われないように、そう言ってくれたのだ。

ローズの顔を見て露骨《ろこつ》に嫌な顔をする父。もうすぐローズがいなくなり、自分がこの屋敷を仕切れるのだと本気で思っている。だから、自由のないこの息苦しい生活を我慢《がまん》している。

決してそうはならないけれど、希望を持つことは悪いことではない。

それが打ち砕かれた時、父は絶望するだろうから。

十八歳まで、あと一カ月に迫っていた。

ブラント公爵から、証拠……いや、証人を見つけたと連絡が来た。その証人は、かつてブラント公爵が温情をかけて命を救った隣国の元兵士だった。

彼は公爵のために、証言することを決めてくれた。極秘情報を他国の者に話すことは、彼にとって勇気のいることだったに違いない。国を捨てる覚悟を決め、証言すると決めたようだ。

ブラント公爵でなかったら、決して証言をしてくれることはなかっただろう。

そして、ブラント公爵はこう言った。「証言を陛下に聞いていただいた。この件は私に一任してもらえることになった」と。

公爵は、私のことを考えてくれたようだ。身内が国を裏切っていたことが公《おおやけ》になれば、私も無傷ではいられない。だから、秘密裏《ひみつり》に処理しようとしてくれている。

それほどの価値が、私にはあるのだろうか……そうは思ったけれど、ブラント公爵が私を守ろうとしてくれる気持ちは嬉しかった。

「モニカは、なにも心配しなくていい。今は引退したが、私は長年裏の仕事をしてきた。全ては兄である国王を守るためだ。兄を守るため、暗殺術を学び、兄の命を脅《おびや》かす者を排除していた。まさかその暗殺術を、幼いアンソニーが見様見真似《みようみまね》で覚えていたとは思わなかったがな」

私を夕食に招き、ブラント公爵は全てを語ってくれた。

アンソニー様は公爵の剣術を見て、自己流で覚えたようだ。そのおかげで、アンソニー様は家族を守ることができた。だからあの試験の時、暗殺者のように見えた、と私は納得する思いだった。

こんな大切な話をしてくれるのは、私を家族だと認めてくれたからだろう。

心のどこかで、こんな家族が欲しいとずっと思っていた。優しくて厳しいブラント公爵、いつも笑顔で見守ってくれる夫人、優しいけれど怒ると怖いマーク様。

「子供はなんでも真似するものだ。あのふたりへの罰《ばつ》は、すでに決めてある。モニカのされてきたことを、ふたりに返してやろう」

公爵に一任されたはずが、罰《ばつ》を考えたのはアンソニー様だった。あの事件の一番の被害者は夫人やマーク様、そしてアンソニー様だからと、公爵が任せることに決めたのだという。

「この話はこのくらいにして、結婚式のことを考えない？　ドレスは、私が祖母から譲り受けたものを着てくれないかしら」

夫人は私たちの結婚式が、楽しみで仕方がないようだ。結婚式の話になると、テンションが高くなる。アンソニー様は、また家族と楽しく過ごせることが嬉しいのか、結婚式の話をするのが嬉しいのか、先ほどまで真剣な顔をしていたのに、急に表情が緩《ゆる》む。

「そのような大切なドレスを、私が着てもよろしいのですか？」

夫人が代々継いできたドレスとなれば、ブラント公爵家を継ぐマーク様の花嫁になる方が着るものだろう。

「もちろんよ！　私はモニカに着てほしいの！　それに、マークの結婚はいつになるかわからないでしょう？」

マーク様をちらりと見た後、大きな溜め息をつく夫人。マーク様なら、たくさん縁談が来ているはずだ。シルビア様の一件があるから、慎重《しんちょう》に選んでいるのかもしれない。

「母の言う通り、僕はいつ結婚できるかわからないから、母の望みを叶えてやってほしい」

マーク様にそう言われてしまったら、着ないわけにはいかない。

結婚式は、私の誕生日に決まった。

けれど、父や義母は、私の結婚式に出ることはない。


私たちの結婚の話は、すぐに国中に広まっていた。広めたのは、クリフト様だった。結構……いや、かなり口が軽い方のようだ。おかげで、知らせる手間が省《はぶ》けたけれど。

試験の後から、アンソニー様とクリフト様はさらに仲が良くなっていた。

アンソニー様には、友人と呼べる方が今までいなかった。襲撃《しゅうげき》事件の後、友人だと思っていた人たちは皆距離を取ったそうだ。試験の一回戦の相手さえ、アンソニー様を化け物と言った。けれど、クリフト様は違った。アンソニー様の力を認め、友になりたいと自分から申し出てくれたのだ。クリフト様はかなり変わった方だけれど、案外良いコンビなのかもしれない。


結婚式の準備は、順調に進んだ。

屋敷から出られない父と義母の耳には、私の結婚の話は届いていない。使用人たちにも、屋敷で結婚の話はしないようにと命じてある。父は私が十八歳になる日を心待ちにしているけれど、その日は父とのお別れの日だ。

父や義母、サンドラに酷い仕打ちをされていたのが、遠い昔のことのように思える。実際には、あれからそんなに日は経っていないのだけれど。それほど今が幸せだということだ。

父に復讐《ふくしゅう》することだけを考えながら生きていたあの頃とは違う。

大切な人や守りたい人が、私にはたくさんできた。

もう少しで、私の復讐《ふくしゅう》は終わりを告げる。

全ての準備は整った。

十八歳の誕生日。私はきっとこの世で、もっとも恐ろしく冷酷な人間になるだろう。

ふたりに、情けをかけたりはしない。

ようやく私は、身も心も自由になれるのだから。


学園の卒業式が行われ、私たちは無事に卒業することができた。

この学園で、色々なことが起こった。一番印象に残っているのは、私の作った木の被り物をアンソニー様が背中に括《くく》りつけた姿だ。たくさん嫌な思いをしたのに、思い出すのは楽しかったことばかり。もうあの思い出の場所に行くことがなくなるのかと思うと、すごく寂しい。

あそこはアンソニー様と出会った場所で、安らぎの場所だった。

最後にもう一度だけと思い、あのベンチに腰を下ろす。

ここから見る景色が、本当に好きだった。

ぼーっと空を見上げていると、聞き覚えのある声が聞こえた。

「ここにいると思った」

その声を聞くと、とても安心する。声の主は、もちろんアンソニー様だ。彼は私の隣に腰を下ろし、一緒に空を見上げた。

「ここに来ることがもうないのだと思うと、なんだか切ないです。私にとって、本当に大切な場所でした」

「俺たちが出会った場所だしね。君に出会えて、よかった。俺の人生で、最高の出来事だ」

私にとっても、最高の出来事だった。

「これから先も、最高の出来事がたくさん起こりますよ。私が、起こしてみせます」

彼のほうを向いて、得意げな顔をしてみせた。

「頼もしいな。期待してる」

アンソニー様とこの場所で、なにげない話をするのが大好きだった。

いつから彼への気持ちが愛情に変わったのかはわからないと思っていたけれど、本当は、出会った時から恋をしていたのかもしれない。

これからなにがあったとしても、彼への想いは変わらないだろう。

私たちは手を繋ぎながら、思い出の場所を後にした。

第六章

とうとう、この日がやってきた。

今日、私は十八歳になった。つまり、正式に侯爵になったということだ。

朝早くから王宮へ行き、手続きは全て済ませてある。

結婚式は、午後から教会で行われることになっている。準備はローズに任せていた。

私たち……私とアンソニー様、ブラント公爵と夫人とマーク様、そして情報を集めてくれたディアナは、バーディ侯爵邸にあるパーティー用のホールに集まっていた。

ここでなにが行われるかは、言うまでもないだろう。

ホールに、貴族たちが続々と集まってきている。この場に招待したのは、サンドラの誕生日パーティーに出席していた貴族たちだ。彼らは私たちの結婚式だと思い、この場に集まっている。

この場所、バーディ侯爵邸を選んだのは、天国にいる母に見てもらいたかったからだ。

ここで、全ての決着をつける。

「モニカ！　誕生日おめでとう！」

父は私を見つけ、満面の笑みでお祝いの言葉をかけてきた。父の笑顔を、久しぶりに見た気がする。

私の誕生日パーティーだと思っている父と義母。父は、待ちに待ったこの日が来たことを喜んでいる。

「お父様、ありがとうございます。ようやく、十八歳になることができました」

「ワインはどこにあるの？　早く飲みたいわ」

義母は私が十八歳になったことなどどうでもいいようで、ずっと飲むことができなかったワインを探している。

今日、お酒は用意していない。もっと言うと、料理も用意していない。

彼らには、罰《ばつ》を与えるために集まってもらったのだから、もてなす必要などない。

「ワインはありませんよ。お義母様《かあさま》、お伝えしなければならないことがあります。実は、先日お父様に会いに女性が屋敷にいらしたんです。紹介しますね、リンダさんです」

リンダさんは、父から連絡がないからと言って屋敷を訪ねてきた女性だ。父は彼女に、「娘のモニカが十八歳の誕生日を迎えたら屋敷に呼ぶ」と、約束していたそうだ。その日が近づいても連絡がないことに不安を覚え、屋敷までやってきたというわけだ。

意外だったけれど、最近の父は義母に冷たかった。その理由は、他に愛する人ができたからだったようだ。

「リンダ？　お前がなぜ……」

まさかリンダさんが現れるとは思っていなかった父は、次の言葉が出てこないようだ。父の様子に気づいた義母は、リンダさんが愛人なのだと察したらしい。

「どういうおつもりで、ここにいらっしゃったのかしら？」

義母はこれ見よがしに父に寄り添い、リンダさんを睨《にら》みながらそう言った。父はどうしたらいいのかわからず、あたふたしている。

「あなたが奥様なのですか？　まあ、ずいぶんと……失礼、なんでもありません」

義母をちらりと見ると、笑いを堪《こら》えながら口元を手で隠す。さすが愛人……神経が図太い。

「ずいぶんと、なんだというのかしら？　あなた、その身なりからして平民でしょう。そのような姿で、よく貴族のパーティーに顔を出せるものね！」

義母の言う通り、リンダさんは平民だ。

父の浮気を知ったら義母はショックを受けると思っていたのだけれど、予想とは違ったようだ。父に怒るのではなく、リンダさんに牙を剝《む》いた。

女性とは、わからないものだ。……私も、女性なのだけれど。

「ランドルフ様、お顔を見ることができて安心しました。私はこれで失礼します。さようなら」

愛人であるリンダさんの味方をするつもりはないけれど、彼女は父の悪事をなにも知らなかった。心配したままでは可哀想なので、最後にひと目だけでもと思い、この場に呼んだのだ。

義母に、母と同じ苦しみを味わってほしかったという不純な理由もあるのだけれど、そちらは失敗したようだ。

リンダさんは、父と別れる覚悟を決めてこの場に来ていた。

私は彼女に、父の不正について明かしてはいない。ただ、私がされたことは話した。彼女はそれを聞いて、別れを選んだのだ。

「リ、リンダ⁉」

リンダさんがいる間、父は終始あたふたしていたけれど、別れを察したのか顔色が変わった。

「私はあなたの、なにを愛してきたのでしょう」

そう口にしながら父を見た彼女の顔からは、父への愛は消え去っているように見えた。

リンダさんを追いかけようとする父の腕を強引に掴み、絶対に逃がさないとばかりにしがみつく義母。あまりに必死な形相に、周りの貴族たちが困惑している。

「旦那様！　いい加減にしてください！　私というものがありながら、ほかの女にうつつを抜かすなんて！　私がどれほど、旦那様のために尽くしてきたと思っているのですか⁉」

「離せ！　お前のような女を侯爵家に迎えてやっただけでも、ありがたいと思え！　お前のことなど、とっくに愛していない！」

リンダさんではないけれど、私はこのふたりの、なにを恐れていたのだろう。

「お静かに願います」

見苦しい言い合いを聞いている時間はない。私はホール全体に響くように、けれど冷静な声で場を静めた。

「そうだ！　お前は静かにしていろ！　モニカ、私が挨拶《あいさつ》をしよう。これからは、私に任せなさい」

一体なにを任せろというのか……

自分がこのバーディ侯爵家を仕切ることを、早くここにいる貴族たちに伝えて、リンダさんを追いかけようとしているのだろう。

「残念ですが、お父様にお任せできるものなどなにもありません。母が亡くなり、私が侯爵となった日にお父様に書かされた書類はここにあります。この書類が、お父様の最後の切り札だったのでしょう？」

書類を見せると、父は急いで首から下げている鍵を取り出して目を白黒させる。『金庫の鍵はここにあるのに、なぜ書類が？』という顔だ。

「それは偽物だろう!? そんなことで騙《だま》されるとでも、思っているのか!?」

「本物ですよ。お父様、覚えていますか？ この書類に署名をさせた後、あなたはすぐにシンシアのもとに戻りましたね。母の葬儀《そうぎ》に出ることもなく……。私は、あの日に誓ったのです。あなたに、復讐《ふくしゅう》することを」

静まり返るホールで、長い間我慢《がまん》してきたことを口にした。

せめて母に最後のお別れを言ってくれていたら、こんなに憎むことはなかったのかもしれない。

実の父を地獄に送れることを、私は喜んでいる……

「な、なにを言っているんだ？ 私は、お前もお前の母も愛している！ その書類は、お前を守るために必要なものだ。だから、こちらに渡しなさい！」

そんな言葉を信じるほど、私はもう純粋でも子供でもない。私に伸びる父の手を、アンソニー様が払いのけた。

「汚い手でモニカに触れるな」

「お前!? なにをする!?」

アンソニー様に掴みかかろうとした父を、義母が必死に止める。

「旦那様！ その方は、ブラント公爵家のご子息です！ 手を出したら、殺されてしまいます！」

ブラント公爵家と聞いて父の顔色が変わり、アンソニー様から離れるように、後ろに数歩下がった。

「……失礼いたしました。モニカは、大切な娘です。傷つけたりしません」

「お父様は、私の足がどうなっているのかご存知ですか？ 何年もの間、お義母様《かあ》に何度も何度もムチで打たれ、足の裏は腫《は》れ上がり、皮はめくれ上がっています。ムチで打たれることがなくなった今でも、痛みを感じて眠れない日もあります。あなたはそれを、見て見ぬふりをしていたではありませんか。私がどんな目に遭っていようと、無関心だったではありませんか。それでも、私を大切な娘だとおっしゃるのですか!?」

口にするだけで、ムチで打たれる痛みを思い出す。

あの痛みを、一生忘れることはない。

「そ……れは……シンシアが勝手にしたことだ！ 私は、お前に触れたことすらなかったはずだ！」

父はアンソニー様を横目でチラチラ気にしながら、自分は関係ないと自己弁護を始める。触れたことすらない……それは、父が私を見ようともしなかったからだ。私の存在自体を嫌悪《けんお》して、まともな食事さえ与えてこなかった。

「言い訳は結構です。私も、あなたに愛情なんてないのですから。あなたが私の領地で好き勝手していたことも調べがついています。横領《おうりょう》していた証拠も、ここにあります。そうそう、お集まりの皆様！　あなた方が父にしてもらったことは全て無効となります。父はただの『当主代理』だったにもかかわらず、分不相応《ぶんふそうおう》なことをしました。父がしたことは、侯爵である私の許可を得たものではありません」

横領《おうりょう》の証拠は、金庫に入っていた書類以外に、ローズとディアナ、そしてロベルトが集めてくれた物だ。

貴族たちは、今なにが起こっているのかようやく気づいたようだ。この場にいる貴族は、皆が父の不正に関わっている。ブラント公爵家とバーディ侯爵家の結婚式だというのに、高位貴族はブラント公爵家しかいないのだから、気づくのが遅いくらいだ。

その場に崩《くず》れ落ちる者、頭を抱える者、涙を流す者、私に縋《すが》りつこうとしてアンソニー様に振り払われる者……貴族たちは皆、絶望していた。

そこに、兵が到着した。逆らっても無意味だと察した彼らは、素直に従い、連行されていった。

まだ状況が理解できていないのは、父と義母だけだ。

「旦那様……これは一体、なんなのですか？」

次々に連行されていく貴族たちを見ながら、怯《おび》えるように父の腕に縋《すが》りつく義母。父を頼っても無駄だ。ふたりにはまだ、この場に留まってもらう。

ここからが、本番だ。

「お義母《かあ》様、もうひとつお伝えしなければならないことがあります。お義母《かあ》様のお父上が、お亡くなりになったそうです」

「……え？」

ショックを受けているのか、義母は立っていることもできず父にもたれかかる。

彼女の父親である男爵が亡くなったのは、半年も前のことだ。男爵にもこの場に来てもらおうと屋敷を訪ねたら、すでに亡くなっていた。

それまで、誰ひとり訪ねなかったようだ。借金もあり、使用人を雇うお金もなく、食べる物にも困っていた。死因は、餓死だった。義母はあれほど贅沢《ぜいたく》をしていたのに、父親のことはどうでもよかったようだ。

「まさか、悲しいのですか？　ご実家がお金に困っていたのはご存じだったはず。何年も放っておいたのは、あなたです。あなた方には、人の心というものがないのでしょうか……」

この屋敷に来てから、義母は一度も実家を訪ねることがなかったという。

男爵は、ブラント公爵邸襲撃《しゅうげき》が成功していたら、公爵邸から盗み出した金品を報酬《ほうしゅう》として受け取る約束だったそうだ。だが、アンソニー様が襲撃《しゅうげき》者を皆殺しにしたことで、当てが外れた。

その後は父の援助を受けていたようだけど、それがなくなれば生活できなくなることくらいわかっていたはず。わかっていたのに、男爵はなんの対策もせず、義母も助けようとすることなくこの屋敷で贅沢《ぜいたく》をしていた。この結末は、予想できていただろう。

「父は自業自得よ！　父のせいで、私は貧乏な暮らしをしてきたの！　お前のように、生まれながらにして侯爵家を継げるような恵まれた人間には、私の気持ちなんてわからないわ！」

「だから、私が憎かったのですか？　なんの理由もなく、気に食わないというだけでムチを打ち続けたのですか？　甘えたことを言うのはやめなさい！　ただ父に依存するだけで自分ではなんの努力もしてこなかったあなたに、ただ他人を傷つけることしかしてこなかったあなたに、そんなことを言う資格なんかない！」

許せないのは、他人を傷つけてでも自分が幸せになりたいという考え方だ。

この人たちは自国を裏切っただけでなく、国を救った英雄の屋敷に襲撃者《しゅうげきしゃ》を手引きし、金品まで奪《うば》おうとしていた。あの模様は、敵国でスパイとして訓練された特殊部隊のものだった。そんな人たちに協力して、お金を得ようとしていた。

どこまでも、最低な人間だ。

「そこの彼がいるからと、ずいぶん強気なのね。今までは、ぶるぶると震えた子犬のようだったのに。またムチで打ってやろうか？　お前の激痛に歪《ゆが》む顔を見るのが、なによりも快感だったわ！」

ついに吹っ切れたのか、義母は強気になって私に向かってきた。それでこそ、義母だ。

けれど、もう怖くなんかない。

「それは残念です。もうそんな顔をお見せすることはありませんから。なぜ私がお義母《かあ》様の実家をわざわざ訪ねたか、まだおわかりにならないのですか？　……六年前、父とあなた方親子が国を裏切った罪を償《つぐな》わせるためです」

ふたりの顔色が、明らかに変わった。額にはうっすらと汗が浮かび、手が震えている。

さすがに、それがどれほどの大罪かということくらいは理解しているようだ。

「……なんのことか、わからないな」

「そ、そうよ！　一体なにを言っているのかしら！　証拠はあるの？　私たちは、なにもしていないわ！」

否定したところで意味はない。すでに国王陛下が証言を聞き、有罪であると判断した。そして、ブラント公爵はふたりへの罰《ばつ》を一任されている。

「隣国の元兵士が、お前たちの罪を証言してくれた。これは陛下もご存知だ。国を裏切り、敵国のスパイを匿《かくま》ったあげく、私の屋敷を襲撃《しゅうげき》する手引きをしたお前たちへの罰《ばつ》は、私に一任された。この意味が、わかるな？」

ずっと黙っていたブラント公爵が、ふたりを鋭い目つきで睨《にら》みつけた。

その威圧感に、ふたりは言い返すこともできずにいる。

ここから先はアンソニー様に任せることにしたらしく、ブラント公爵は後ろに下がった。

「お前たちには、ふさわしい罰《ばつ》を与える。サンドラが送られた北の収容所に、お前たちを送ることにした。刑期は、死ぬまでだ。お前たちがモニカにしたように、毎日足の裏を十回ムチで打つ。作業をしなければ、食事はなしだ。作業をして金を稼ぎ、お前たちが奪《うば》ったものを一生かけて領民に返せ」

十回は、作業ができるギリギリの数だ。ムチで打つのは、他の囚人たちに任せる。

罪人の収容所とはいっても、国を裏切るような大罪人たちばかりが収容されているわけではない。

国を裏切った父と義母は、囚人たちにとっても裏切り者だ。

通常なら、大逆を犯した時点で処刑されるだろう。そうしないのは、私と同じ苦しみを与えるため。そして、少しでも領民にお金を返すためだ。父の横領《おうりょう》のせいで足りなくなった税は、領民が払わされてきた。自分が苦しめた領民の分まで、もがき苦しんで後悔すればいい。

「そんな……私は、シンシアと男爵にそそのかされただけだ！　モニカ、助けてくれ！　私はお前の実の父親だぞ？　血の繋がった親に、なぜそんなむごい仕打ちができるのだ⁉」

「旦那様⁉　そんな言い方、酷いではありませんか！」

義母は父の肩をバンバン叩きながら、抗議している。

この男が父親であることに、心底嫌気がさす。

自ら悪事を働くばかりか、自分がしたことを全て他人のせいにする。なにひとつ、尊敬できるところがない。

「あなたを父親だと思ったことはありません。自分がしたことの報いを受け、反省してください」

ふたりはこのまま手枷《てかせ》と足枷《あしかせ》をはめられ、収容所へ送られる。

父と義母は、今日から自由にこの屋敷を仕切れるのだと信じ切っていた。それがまさか、こんなことになるとは夢にも思わなかっただろう。

最後まで、謝罪の言葉を聞くことはなかった。

ふたりが連れられていく間、アンソニー様は私の手を握ってくれていた。その手はとても温かくて、彼の優しさが伝わってくるような気がした。

「大丈夫か？」

「はい、大丈夫です。ようやく、自由になれた気がします」

この時が来ることを、ずっと待ち望んできた。

みんなのおかげで、ここまで来られたのだ。

「モニカ！　そろそろ教会に行かないと準備が間に合わないわ！　アンソニー様は、別の馬車で来てくださいね！」

結末を見届けた後すぐに、ディアナが急《せ》かすように背中を押す。

「そんなに押さなくても……」

「ローズ様に怒られるのは私なのよ？　口答えしない！」

「……はい」

あまりの迫力に、素直に言うことを聞くことにした。

教会に着くと、ローズが真っ赤な顔をしてディアナを怒鳴っていた。申し訳なくなり止めに入ると、「あなたは主役なのだから黙ってなさい！」と結局怒られてしまった。

急いでドレスに着替え、メイクをしてもらうと、今から私は結婚するのだという実感が湧《わ》いてきた。

「モニカ、綺麗……」

「本当に綺麗ね……」

ディアナもローズも、鏡に映る私の姿を見ながら溜め息を漏《も》らす。

「ふたりとも大袈裟《おおげさ》ね。でも嬉しい、ありがとう」

復讐《ふくしゅう》を優先して、結婚のことを後回しにしてきてしまった。

ここからは、アンソニー様との結婚のことだけを考えよう。

教会の扉が開き、祝福の拍手の中、アンソニー様のもとへゆっくり歩いていく。

こうして見ると、アンソニー様はとても素敵だ。こんな素敵な方が私の夫になるのかと思うと、緊張して足がもつれそうになった。アンソニー様がそれに気づいて、笑いを堪《こら》えている。彼の隣に来た時には、恥ずかしくて顔が真っ赤に染まっていた。

うつむく私に、彼はそっと顔を寄せ「顔を上げて、可愛い顔を見せてよ」と囁《ささや》いた。余計に顔が赤くなってしまった私は、彼を睨《にら》んで小さな抵抗をした。

結婚式には、ブラント公爵の兄である陛下も出席してくださった。大好きなアダリンド叔母様も、ローズが招待してくれた。

大好きな人と、大好きな人たちに祝福された結婚式。

こんなに幸せでいいのだろうかと思えるほど、最高の幸せを感じている。

お母様にも、見せたかったな……

結婚式を終えた私たちは、屋敷に戻ってきた。

今日からは、アンソニー様もこの屋敷に住むことになる。

「アンソニー様、お部屋にご案内いたします」

ロベルトがアンソニー様を部屋に案内しようとすると……

「それより、寝室はどこだ？」

アンソニー様は、いきなり寝室の場所を尋《たず》ねた。寝室という言葉に、心臓が飛び跳ねる。

「アンソニー様……？　寝室は、早くありませんか？　私たちは、結婚式を終えたばかりなのですよ？」

慌てる私を見て、彼は耳元に唇を寄せる。

「どれほど我慢《がまん》してきたか、モニカにはわからないだろうね。これ以上は待てない」

とろけそうなほど甘い声で囁《ささや》かれ、私はカチコチに固まってしまう。

「ア、ア、ア、ア、アンソニー様？　ど、ど、ど、ど、どうしたのですか？」

緊張しすぎて、ものすごく噛みまくってしまった……。その様子を見て、彼はおかしそうにくすくすと笑い出した。

「アンソニー様？　からかったのですか⁉」

一気に緊張が解けて、からかわれたのだと気づく。

「いや、本気だったんだけど、あまりにも君がガチガチに緊張しているから可愛くてね。婚約期間もほとんどなく、すぐに結婚してしまったのだから仕方がない……もう少し、我慢《がまん》することにするよ」

残念そうに目を伏せる彼の様子を見ると、本当に我慢《がまん》してくれているのだとわかった。

「我慢《がまん》することはありません。私たちは、夫婦なのですから」

彼は、私のために我慢《がまん》しようとしてくれている。心の準備ができていなかったのは、私自身の問題だ。彼の首に腕を回し、彼の目を見つめる。

「モ……ニカ……？」

「我慢《がまん》……できないのでしょう？　寝室に行きましょうか」

私の行動に、なぜか困惑しているように見える。

「まいったな……嬉しいけど……」

彼は、チュッと音を立てて唇にキスをした。その瞬間、私の全身が一気に真っ赤に染まった。

「ほら、やっぱり。君の心の準備ができるまで、待つと言っただろう？　無理をするな」

彼の熱を持った熱い瞳に見つめられ、胸がトクンと音を立てた。そして私は、小さく頷《うなず》く。

結局、彼の優しさに甘えてしまった。

「コホン……」

ロベルトのわざとらしい咳払いが聞こえ、ここが玄関だということを思い出した。侍女たちは真っ赤な顔で、私たちを見ている。

急いでアンソニー様から離れ、逃げるように自室に戻った。

ベッドの上で布団をかぶりながらうずくまる私を、マリアンが心配そうにドアの隙間《すきま》から覗《のぞ》いていた。ちゃんとドアを閉めることも忘れて、慌ててベッドに潜ってしまった。

「モニカ様……」

「恥ずかしい……私ったら、なんてことをしたのかしら……」

マリアンは部屋に入り、静かにドアを閉めた。

「私は、嬉しいです。モニカ様がすごくお幸せそうで……。それはアンソニー様のおかげなのだと、心から感じました。つい最近までは自分を押し殺し、私たちのために酷い目に……。モニカ様のためになにもできない自分が、情けなくて苦しかったのです。モニカ様の思う通りにしてください。それが、私たちの願いです」

子供みたいに、ベッドでうずくまっていたことのほうが恥ずかしく思えた。私はベッドから出て、マリアンに向き合う。

「ありがとう、マリアン。まだまだ未熟な主人だけれど、これからも私に仕えてほしい」

「もちろんです！」

マリアンは、最高の笑顔を見せてくれた。

「ちょっと押さないでください」

「みんな俺を通す気はないのか？」

「今はダメです！　アンソニー様のお顔を見たら、モニカ様がまたベッドに潜ってしまいます」

「アンソニー様がモニカ様に、いやらしいことをしようとするからこんなことになったのです！」

「そんな言い方やめろ……」

マリアンが閉めたはずのドアが少しだけ開いていて、隙間《すきま》からみんなが覗《のぞ》いていた。アンソニー様まで。

全部、聞こえているのだけれど……

「アンソニー様、いくら夫婦だといっても、覗《のぞ》きは感心しませんね」

ドアに向かって声をかけると、慌てた使用人たちとアンソニー様が雪崩《なだれ》のように倒れ込んできた。

「こ、これは違うんだ！　覗《のぞ》きなんか、するはずがないだろう⁉」

心配してきてくれたことはわかっている。でも、慌てるアンソニー様は新鮮だった。

「あら、なあに？　この面白い状況は？」

倒れたままのアンソニー様と使用人たちを見ながら、楽しそうに笑っているのはローズだ。

「ローズ⁉　帰ったのではなかったの？」

代理が必要なくなり、結婚式の後、ローズは叔母様と帰ったはずだった。それなのに、なぜか目の前にローズが立っている。

「そのつもりだったのだけれど、お母様に王都で婚約者を探してきなさいって言われたのよ。モニカの結婚式を見て、私を結婚させたくなったみたいなの。だから、もうしばらくここにいさせてもらうわ」

ローズがここに住むのなら、まだまだ甘い初夜はおあずけのようだ。

＊＊＊

ランドルフとシンシアは、ようやく収容所に到着した。一カ月間、鉄格子《てつごうし》のはめられた荷馬車に揺られ、ほとんど降りることは許されなかった。収容所に到着したばかりだというのに、身体のあちこちが痛み、立ち上がるのもやっとだ。

「旦那様、寒くて身体中が痛いです。お腹が減って、動けそうもありません」

シンシアは収容所に到着するまで、ずっと弱音ばかり吐いていた。

「勝手にしろ。お前とはとっくに終わっている。私に話しかけてくるな」

「いいえ旦那様。私たちは、離れてはいけません」

収容所に着くまで、ずっと同じやりとりをしていた。ここは、シンシアのほうが正しいのだとはわかっていた。

収容所にいる罪人は、全てがふたりの敵だ。罪人であっても、彼らは国を裏切った人間を許さないだろう。味方は、ひとりでもいたほうがいいということだ。

収容所に入れられたふたりを、周りの囚人たちが睨《にら》みつける。今はまだ、ふたりを連れてきた兵がいるから様子見をしているようだ。

「……サンドラ？」

シンシアの目に映ったのは、娘のサンドラの姿。身体中薄汚れて、髪はボサボサで肌もガサガサ。服もボロボロになり、以前のモニカより酷い姿になっていた。

「……誰……ですか……？　私は……サンドラなんて知りません。だから、放っておいてください……お願いします……お願いします……お願いします……」

容姿だけでなく、たった数カ月で、別人のようになってしまったサンドラ。その姿を見て、ふたりは彼女の心配ではなく、自分たちがこれからどうなるのかを不安に思い、背筋に冷たいものが走る。

この収容所に入れられた時、サンドラは囚人たちを味方にできると思っていた。

「私の妹は貴族よ！　しかも、侯爵！　私がここに入れられたのは間違いだから、すぐに出ていくわ。その時、一緒に出ていきたい者は私の奴隷になりなさい！」

サンドラは、わかっていなかった。ここにいる囚人たちのほとんどが、元貴族だったということを……

貴族の姉だから、なんだというのか。この収容所に入れられた時点で、元に戻ることなど不可能だ。

ここは男女の区別がない。囚人は、人間として扱われることはない。

強いて言うならば、家畜。いや、仕事をしなければ食事すらもらえないのだから、家畜以下だろう。

間違った判断をしたせいで、サンドラはその家畜たちの標的となった。なにをするにも邪魔をされ、食事は三日に一回口にすることができればいいほうだ。睡眠時間は一日二時間、それ以上は許してもらえない。

囚人たちにとっては、サンドラを追い詰めることが今の楽しみだ。それ以外、働いて食べて寝るの繰り返し。一日にひとりは、寒さや過労、そして飢餓《きが》で死んでいく。自分はいつ死ぬのかと怯《おび》えながら、囚人は毎日を必死に生きていた。

そんなある日、サンドラよりももっと楽しむことのできる囚人が送られてくると知らされた。その囚人が、ランドルフとシンシアだ。国を裏切った大罪人が、なぜか処刑されずにこの収容所に送られてくる。囚人たちは、怒り心頭だった。大罪を犯しておきながら、のうのうと生きるなど許せない。

だが、その囚人をムチで打つようにとの命令が下った。国を裏切った大罪人をムチで打つことができるなんて、こんなにスッキリすることはない。

収容所に送られてくるふたりのことは、サンドラの耳にも届いていた。そのふたりが自分の身内だと知られたら、今までよりももっと酷い目に遭わされる。そう考えたサンドラは、他人のフリをすることにした。

「お前たちは、ムチ打ちからだ」

収容所の門が開き、ふたりは中に放り込まれる。門は、すぐに閉められた。中に兵は入らない。門が開くのは、囚人を中に入れる時だけ。刑を終えて出てきた者は、今までひとりもいない。

食事は一日一回、見張り台から袋で落とされる。中で亡くなった者は、囚人たちが死体を捨てるために掘った穴に投げ捨てられる。

「なにをするんだ!? 離せ！」

「やめて！ 旦那様、なんとかしてください！」

囚人たちはふたりの両腕を掴み、用意されているムチ打ち台に引きずっていく。サンドラは目立たないように、後ろのほうで見ている。

これが本当に、親子の関係なのだろうか。

ムチ打ちは、ひとりずつ行われた。まずは、ランドルフ。

「国を裏切りやがって!!」

「ひっ!!」

一回目のムチ打ち……味わったことのない痛みに襲《おそ》われ、今まで出したことのない声が出る。

一回二回と、囚人たちがかわるがわるムチで足の裏を打つ。足の裏にしたのは、そういう命令だったからだ。十回打ち終えた時には、大の男が涙を流しながら「許してくれ……」と何度も口にしていた。

その様子を見ていたシンシアは腰を抜かし、その場でぶるぶると震えはじめた。震えているからといって、囚人たちは容赦《ようしゃ》しない。腕を掴まれ、ムチ打ち台にうつ伏せに寝かされる。

「……やめて……お願いだから、やめてちょうだい」

なんの理由もなくモニカをムチで打っていたくせに、自分は許してもらえると思っているのだろうか。今からシンシアは、モニカの痛みを身をもって知ることになる。

「お前らのような人間が、許されると思っているのか!?」

容赦《ようしゃ》なくムチ打ちが始まる。

「ぎゃっ!!」

ランドルフ同様、今まで出したことのない声が出た。次々に襲《おそ》ってくる痛みに、気を失いそうになる。十回のムチ打ちが終わると、『なぜモニカは、こんな痛みに耐え続けることができたの?』

と、そんな疑問がシンシアの頭に浮かんだ。

この地獄のようなムチ打ちが毎日行われるのかと思うと、生きていく気力がなくなる。それでも、空腹に耐えきれず懸命に仕事をする。一日の仕事が終わると、パンをもらって食べはじめる。

シンシアには、愚痴《ぐち》を言う気力さえなくなっていた。無言でパンを食べ、宿舎で横になる。寒くて震えが止まらず、小さく丸まって眠る。

「シンシア！　シンシア、起きろ！」

やっと眠りにつけそうになっていた時、ランドルフの声で目を開ける。

「どう……されたのですか？」

起き上がることなくそう聞くと、ランドルフはシンシアの手を両手で握りしめた。

「やっと気づいたんだ。私には、君しかいない。私の足は、これ以上耐えられそうにない。シンシア、頼む！　私の代わりにムチ打ちを受けてくれないか？」

ランドルフは、シンシアを愛してなどいない。だが、シンシアにとってそれは、なによりも嬉しい言葉だった。

「旦那様……私は、旦那様のためなら、なんだっていたします！　ムチ打ちは私が代わりに受けるので、安心してください！」

シンシアは、それを了承した。

だが現実は、そんなに甘くはない。

「はあ!?　お前がこの男の分も、ムチ打ちを受けるだと？　バカか？　お前のその覚悟は立派だが、騙《だま》されていることに気づいたほうがいい。おい、お前ら！　今日は女が十回、男が二十回だ！」

収容所にも、リーダー格が存在していた。男の名前は、オーティス。元侯爵だ。

「なぜだ⁉　シンシアが、私の代わりになると言っているではないか！　しかも二十回とはおかしいだろう‼」

囚人たちは、ランドルフを見ながらうすら笑いを浮かべている。ひとり一回ムチ打ちできることになっているが、ふたりで二十回だと打ちそびれることのほうが多い。合わせて二十回となると、自分の番が回ってくるかもしれないからだ。

「おかしいのは、お前の頭だろう？　ムチ打ちを代わることなどできない。自分だけ助かろうとした罰《ばつ》で、回数を上乗せした。文句があるなら、もっと増やしてやろうか？」

「っ‼」

オーティスに逆らえば、さらに増やされる。ランドルフは悔しそうに唇を噛みしめながら、言い返すのを我慢《がまん》した。

結局、シンシアは十回、ランドルフは二十回のムチ打ちを受けた。シンシアはランドルフの言ったことを信じ、愛されているという思いでムチ打ちを耐え、その後必死で仕事をした。

だが、ランドルフはもう動くこともできなかった。二十回……それも、ランドルフの行動に苛立《いらだ》ちを覚えた囚人たちは力一杯ムチを打っていた。足が腫《は》れ上がり、痛みで何度も気を失う。そこに寒さが追い打ちをかける。

心の安らぎなど一秒たりともないこの生活に、ランドルフは絶望した。

「パンをもらえました。半分は、旦那様の分です」

シンシアは、自分が働いてもらうことができたパンを、半分ランドルフに手渡す。

「もう限界だ……！　こんなものはいらん！」

ランドルフは、手渡されたパンを投げ捨てた。

「こんな思いをするくらいなら、いっそ殺してくれ！」

ランドルフは首をブンブン振りながら頭をかきむしる。これからの日々を考えると、精神が限界だった。

「だったら死ねば？　お母様に自分の分まで押しつけようとしたくせに、情けない男！」

ずっと他人のフリをしていたサンドラだったが、ランドルフの情けなさに怒りが爆発した。

「お母様もお母様よ！　こんな男のどこがいいの⁉　ムチ打ちを代われだなんて、お母様のことを愛していない証拠じゃない！」

こんな両親のもとに生まれなければ……そう考えていたサンドラだったが、両親の姿を見て、自業自得なのだと思えた。生き方を間違えたのは自分自身だ。モニカに酷いことをしたと、今さらながら反省する気持ちが芽生えていた。

「お母様、もう他人に依存するのはやめてよ。私がいるじゃない。私は、お母様の唯一の肉親よ！」

自分のためだけに生きてきたサンドラが、初めて思いやりを見せた瞬間だった。

シンシアは、サンドラの手を取った。依存することをやめたわけではなく、依存相手がサンドラに代わっただけだった。

今さら気持ちを改めたからといって、シンシアに未来はない。だが、サンドラにはまだ救いはある。刑期は、十五年。生き延びることができたなら、モニカに謝りに行こうとサンドラは心に決めたのだった。

＊＊＊

「ローズに紹介したい男がいる」

三人で朝食をとっていると、アンソニー様が急に真顔になって、そう言った。

「どのような方ですか？」

ローズは、あまり興味を示していないようだ。婚約者を探しているはずのローズは、私たちとばかり一緒にいる。寝る時も、寂しいからと言って私のベッドで一緒に寝ている。夜会に出かけても、声をかけてくる男性には見向きもせず、私のそばから離れようとしない。そんな生活が二カ月過ぎ、とうとうアンソニー様は我慢《がまん》の限界を迎えたようだ。

「心優しく力持ち。君にピッタリな男だ！」

その方が誰なのかは、想像がつく。

アンソニー様には、友人がたったひとりしかいないのだから……

「まあ、そんな素敵な方がいらっしゃるのですか？　お会いしてみたいわ！」

ローズ……あなたは彼を、熊《くま》みたいだと言っていたわ。

「君も見たことがあるだろう？　騎士の試験の時に俺と決勝戦で戦った、クリフトだ！」

相手がクリフト様と聞いて、ローズの顔が明らかに不機嫌《ふきげん》になる。

「冗談ですよね？　あんな熊《くま》みたいな人、絶対に嫌よ。私に熊《くま》と結婚しろとおっしゃるの？」

クリフト様は、本人の知らないところで酷い言われようをされたあげくに勝手にフラれた。

可哀想なクリフト様……

「ローズ。君は本気で婚約者を見つける気があるのか？　モニカにも俺にも仕事があって共に過ごせる時間が短いというのに、君はモニカから離れようとしない。俺たちは新婚なんだぞ!?」

ずっと言えなかったことを、ストレートにぶつけている。

確かに、ローズは大好きだけれど、アンソニー様とのふたりの時間がまったくない。この状況は、私にとっても少しだけ辛かった。せめて夜くらいは、アンソニー様と一緒に眠りたい。

「私だって、素敵な人がいたらすぐにでも婚約したいわ！　もう十九歳なのよ？　なのに婚約者さえいない貴族令嬢だなんて、行き遅れもいいとこ！　周りは次々に婚約したり、結婚したり……私だって、恋がしたいのよ！」

やけ食いのように、パンをちぎっては口に入れている。私たちの邪魔をするのは、羨《うらや》ましかったからのようだ。

「そんなに一度に頬張《ほおば》ったら、喉につっかえてしまうわ」

私が水を差し出すと、ローズは一気に飲み干した。

ローズは幼い頃から、公爵になるために学んでいた。自由な時間がほとんどなかったからか、友達も少ない。彼女は、「近寄ってくる令嬢たちは私ではなく次期公爵の私と仲良くしたいだけ。そんな友人なら、いらないわ」と口癖《くちぐせ》のように言っていた。だからディアナと友達になってくれて、仲良くしてくれていることが本当に嬉しい。

ローズにはデイジーという妹がいて、彼女にはすでに婚約者がいる。デイジーはアダリンド叔母様の跡を継いで辺境伯になることが決まっていて、幼馴染みの伯爵令息と婚約をした。

もちろん、ローズにも縁談はたくさん来ていた。けれど、どれもうまくはいかなかったようだ。なんでもひとりでできてしまうローズは、男性にも厳しい。自分よりも優秀な人でないと……そう考えていたら、いつの間にか縁談の話は来なくなっていたのだという。

「そうだわ！　マーク様に相談してみない？」

私の案が採用され、アンソニー様はマーク様に会いに行った。

「それなら、とっても良いお相手がいるよ」と、マーク様は、快く紹介を引き受けてくれた。

マーク様が紹介してくださる相手と会うために、ローズと私、そしてアンソニー様は令嬢たちに人気のカフェへやってきた。このカフェを選んだ理由は、ローズが行きたいと言ったからだ。

「皆さん、こちらです！」

お店の中に入ると、笑顔で手を振るマーク様を見つけた。

その隣に座っていたのは……

「イリス!?　いつ留学から戻ってきたんだ？」

この国の第四王子、イリス殿下だった。

「久しぶりだね、アンソニー。結婚式に間に合わなくて、すまなかった」

イリス殿下は、アンソニー様とマーク様の従兄弟《いとこ》ということになる。十年前に、この国の友好国である東の国に留学した。先日、その留学から戻ったばかりなのだそうだ。

「君がローズ嬢だね。こんなに美しい女性に会えるなんて、僕は幸せ者だ」

容姿は違うけれど、なんとなくアンソニー様に似ている気がした。そんな恥ずかしい台詞《せりふ》を笑顔で言えてしまうところとか……。初めてアンソニー様の軽い台詞《せりふ》を聞いた時、誰にでも言っているのだろうと私は警戒《けいかい》した。

けれど、ローズの反応は違った。

「そんな……美しいだなんて……」

顔を真っ赤にして、イリス殿下を見つめている。あれほど相手が見つからない！　恋がしたい！と言っていたローズが、初めての恋をしたようだ。


まさかローズが一瞬で恋に落ちるとは思わなかったけれど、ふたりの恋愛は順調のようだ。

イリス殿下はとても素敵な方なので、うまくいってよかった。婚約の話も進み、ふたりは毎日のように会っている。

しかしローズは相変わらず、夜は私のベッドに潜り込んでくるから、アンソニー様との夜は過ごせていない。でも、ローズが幸せそうなことが嬉しい。

アンソニー様は、どうしてもクリフト様のお相手を見つけたかったようで、今度はディアナに紹介すると言い出した。

「まあ！　私なんかでいいのかしら……」

ディアナは強い人が好きだったらしく、ふたりを引き会わせたら、想像以上に話が弾んでいた。

「ディアナ嬢、私と結婚してください！」

話が弾んだどころか、クリフト様はその場でプロポーズをしていた。

「私は商人です。可愛げもありませんし、狡猾《こうかつ》な女です。私を娶《めと》っては、クリフト様まで他の貴族の方に嫌われる存在になってしまいます。それでも、私を選んでくださるのですか？」

ディアナがクリフト様に惹かれているのは間違いない。けれど強い人が好き、というのは単なる好みだけでなく、商人として交渉のため旅をすることが多く、腕が立つほうがいいという理由もあるようだ。それに騎士団長の子息ともなれば、今まで取り引きができなかった貴族との繋がりもできる。さすが商人だけあって、結婚相手もしっかりと損得で選んでいる。

そんな自分をディアナは誇《ほこ》りに思いながら、同時にどこか恥じているのだと思う。というよりも、そうした商人らしい生き方を、貴族は好まないことが多い。そうした貴族社会で自分の夫となる相手が傷つくことを彼女は望まないのだろう。

結局、ディアナは誰より優しいのだ。

「もちろんです！　あなたと出会えたことは、私の生涯で一番の出来事です！」

こうして、ふたりは婚約をした。クリフト様は見た目は怖いけれど、とても気さくで優しい方だ。ディアナを、きっと幸せにしてくれる。

「そういえば、もう一組……」

バーディ侯爵家の使用人、シドとマリアンだ。ふたりが想い合っていることは、周りの者は皆気づいている。気づいていないのは、本人たちだけだ。

シドは無愛想だから、マリアンは自分が嫌われていると思っている。シドが不愛想なのは誰にでもだけれど、大好きなマリアンにはことさら無愛想な態度を取ってしまうのだから無理もない。

そこで私は、ふたりの距離を近づけられないか策を練った。

「シド、マリアンに買い物を頼んだのだけれど、荷物があるから一緒に行ってくれない？」

「かしこまりました」

好きな人と一緒にいられるのに、シドはいつも通り無愛想。これでは、いつまで経ってもシドの気持ちにマリアンが気づくことはない。

「……こんな格好、する必要あるの？」

尾行をするからと言ってローズとディアナに無理やり着替えさせられ、私たちはいかにも怪しい風貌《ふうぼう》になっていた。

「見つからないようにするためよ」

ローズはドヤ顔をしているけれど、スカーフを被った人間が六人（私、アンソニー様、ローズ、イリス殿下、ディアナ、クリフト様）もいたら、逆に目立って仕方がない。

「見て！　マリアンが重そうな荷物を抱えているわ！」

ディアナもローズも、私の意見など聞いていない。シドとマリアンに夢中になっている。

「シド！　今よ！　さりげなく、マリアンの荷物を持つのよ！」

「あ！　マリアンがつまずいて転びそう！」

ローズとディアナが実況を始めたから、私たちはスカーフを取り、シドとマリアンから見えない位置に移動した。

「きゃーっ！　今絶対、ふたりはときめいているわ！」

シドが転びそうになったマリアンを抱きとめると、ローズが興奮していた。

結局その日は、それ以上なにも起こらなかった。けれど、屋敷に戻ってきたふたりの雰囲気は、前とは違っていた。

「シド、そろそろ想いを伝えたらどう？　いざという時、あなたはちゃんと動ける人でしょう」

馬の世話をしていたシドに、背中を押すつもりでそう言ってみた。

「……なんの話か、わかりません」

シドは馬にブラシをかけながら、そう答えた。

余計なお世話だとは思ったけれど、このままではマリアンが可哀想だ。好きな人に、自分は嫌われていると思うことはあまりにも辛い。

この様子では、シドは動かない……そう思ったのだけれど、シドも気持ちを伝えたいと思っていたようだ。いつの間にかふたりは、笑顔を向け合うようになっていた。

彼らがどんな風に想いを伝え合ったかは、ふたりだけが知っていればいい。

私が義母たちに虐《しいた》げられている時からずっと支え続けてくれた彼らが幸せになるなんて、こんなに嬉しいことはない。

その頃から、なぜか貴族の令息令嬢たちが屋敷を訪れるようになった。

「バーディ侯爵、お願いします！　私にも、婚約者を見つけてください！」

私とアンソニー様は、ピッタリな婚約者を見つけることのできる恋のキューピッドだという噂《うわさ》が流れているようだ。その噂《うわさ》を信じた人たちが、次々にこの屋敷を訪れていた。

噂《うわさ》を流したのは、意外な人物……クリフト様だった。

クリフト様はディアナとの婚約がよほど嬉しかったのか、社交の場でたびたび自慢《じまん》していたらしい。その時に、ディアナと引き合わせてくれた存在として私たちの名を出したことで、この状況になったようだ。

「こんなことになるとは思わなかった……本当にすまない！」

自分が原因だと気づいたクリフト様は、屋敷を訪れて深々と頭を下げた。

「ディアナとの婚約が、それほど嬉しかったということですよね。クリフト様は悪くありません。気にしないでください。でも、この状況が続くのは困りますね……いっそのこと、婚約者を見つけたい方を集めたパーティーを開いてしまいましょう！」

そろそろいい加減に、アンソニー様と過ごす時間が欲しい。

このまま婚約者を求める方々をお断りしていても、埒《らち》が明かない。かといって、ひとりひとり対応していたら時間がいくらあっても足りない。それなら、全員を集めて運命の人を勝手に見つけてもらおうと考えた。口にしてから思ったけれど、案外悪くない考えだ。

「楽しそう！　私も協力するわ！　みんなにも素敵な人と出会う幸せを味わってもらいたいもの！」

恋愛話好きのローズは、ワクワクしたように目を輝かせている。

「もちろん、私たちもお手伝いするわ！　ねえ、クリフト様！」

「ああ、もちろんだ。私のせいでこうなったのだから、なんでもする！」

ディアナもクリフト様も、手伝ってくれるようだ。

「モニカとの甘い生活のために、全力でパーティーを行う！　みんな、気合いを入れろ!!」

アンソニー様が、一番やる気に満ち溢れていた。気持ちは、すごくよくわかる。結婚したというのに、私たちはまだ、ただの同居人のようなすれ違いの生活を送っている。

彼に触れたいし、触れられたい。

こんな風に考えているなんて、はしたないとは思うけれど、心の底からアンソニー様を望んでいた。

そして私たちは、これまで婚約者を見つけてほしいと屋敷を訪れた人たちに、パーティーの招待状を送った。これから屋敷を訪れる人たちにも、招待状を手渡す。

パーティーの開催日は、一カ月後。王都から離れた土地に住む者たちがわざわざ屋敷を訪れてくれていたところだったので、準備期間は短めにした。

このパーティーを終えたら、先延ばしになっていたアンソニー様との初夜を迎えてみせる……！

パーティー当日。バーディ侯爵邸のホールには、たくさんの人々が集まっている。私は今さらながら、どうしてこんなことになったのだろうかと考えていた。私が虐《いじ》めの告発をしたことや、シルビア様とその取り巻きたちの退学で、学園からはかなりの数の生徒が退学してしまった。

その上、私たちの卒業後、学園に入学する条件が厳しくなったため、入学を申請した貴族たちは慎重《しんちょう》に調べられるようになった。そうして問題がないと判断された家の子供だけが入学を許される。学園は、本来あるべき姿に戻ったようだ。

けれどその代償として、学園で婚約者を見つけることが困難になった。

生徒の数自体が少ないのだから当然だ。だからこうして、婚約者を求める若い貴族も増えてしまったのだろう。つまり、この状況には私にも責任があるということだ。

「この度は、バーディ侯爵家主催のダンスパーティーにお越しくださり、誠にありがとうございます。皆様のご要望にお応えして、このようなパーティーを開催いたしました。堅苦しい挨拶《あいさつ》はこれくらいにいたしまして、皆様、どうかお楽しみくださいI」

美しい音楽に合わせて、フィーリングの合う相手とダンスを楽しむ。会場では、華やかなドレスを着た女性たちと、洗練されたタキシードを身にまとった男性たちが、優雅な時間を過ごしていた。

私たちがなにもしなくても、彼らは次々に相手を見つけていく。

「マーク様!?」

その中に、マーク様の姿があった。しかも、すでにお相手を見つけている。

「ああ、兄上も婚約者を探していたからね。誘ったんだ」

シルビア様のことがあったから、マーク様は女性に対して不信感を抱いているのではと思っていたけれど、あの様子なら大丈夫そうだ。

「みんな楽しそう。イリス殿下！　私たちも踊りましょう？」

ローズが、イリス殿下をダンスに誘う。彼に出会うまで恋をしたことがなかったからか、積極的なローズがなんだか可愛い。

「モニカ、俺と踊っていただけますか？」

目の前に差し出された手を、私は自然に取っていた。アンソニー様の手に触れるのは、すごく久しぶりな気がする。指先に緊張が走り、次第に熱を帯びていく。これほどまでに彼を求めていた自分に驚いた。

ダンスを踊りはじめると、まるでここには私たちだけしかいないような、不思議な感覚になった。彼の目を見つめると、見つめ返してくれる。それが嬉しくて、永遠に曲が終わらなければいいと思う。けれど、曲はすぐに終わってしまった……

曲が終わると、盛大な拍手が沸《わ》き起こった。拍手は、私たちに向けられていた。

「素晴らしいです！」

「見惚《みと》れてしまいました！　お互いを想う気持ちが伝わってきました！」

「おふたりのような関係になれるお相手を見つけたいです！」

そのように思ってくれるのは嬉しいけれど、急に現実に引き戻されて戸惑ってしまう。

「皆様、私たちに見惚《みと》れている場合ではありませんよ？　今日は、皆様のためのパーティーです。

後悔のないよう、しっかり交流をなさいませ。お相手が見つからなかったからといって、また私たちを頼られても困りますよ？」

アンソニー様は私の手をギュッと握り、「さすが俺のモニカ」と囁《ささや》いた。私たちはその場を離れ、壁際に移動した。

壁際から様子を見ていると、みんな生き生きしていた。いつもの夜会は、こんな風に自由にはなれない。貴族の家に生まれれば、どうしても家同士の問題が出てくる。政略結婚が当たり前の世界だ。恋を知らずに嫁ぐことは、珍しくない。

けれど、ここに集まっている人たちは、今まで婚約をすることができずに家族から疎《うと》まれていた人がほとんどだ。だから、キューピットの噂《うわさ》に縋《すが》ったのだろう。同じような思いをしてきたからこそ、気の合う人を見つけることができるといいな。

「このパーティー、うまくいきそうですね」

「うまくいってもらわなければ困る」

こうしていると、招待客が皆若いからか、学生に戻ったような気がした。卒業してからそんなに経ったわけではないけれど、アンソニー様と出会えたあの学園生活が懐《なつ》かしい。

あの日彼に出会えたことで、私の運命は変わった。

彼と一緒にいられることは、私にとって奇跡だと思う。絶対に、彼から離れたりしない。

そうして、パーティーは大成功に終わった。招待客の半分以上の方が相手を見つけられたようだ。楽しいひと時を過ごせたようで、皆笑顔で帰っていった。

「お相手を見つけるためのパーティーだったけれど、とても楽しかった。もう、思い残すことはないわ」

笑顔でパーティーを楽しんでいたローズが、急に真面目な表情で私に向き直った。

「モニカ、色々ありがとう。短い間だったけれど、本当に楽しかった。明日、私は屋敷に戻るわ。モニカは従姉妹《いとこ》だけれど、親友だとも思ってる。戻ったら忙しくなるから当分は会いには来られないけれど、あなたの幸せを願っているわ」

将来、公爵となることが決められていたローズには、自由になれる時間がなかった。だから、ここにいる時は本当に楽しそうだった。

私の危機を知って、駆けつけてくれたローズ。彼女と過ごした貴重な時間は、私の宝物だ。

「結婚式には呼んでくれるでしょう？　またすぐに会えるわ」

翌日、ローズは帰っていった。

距離は離れてしまうけれど、いつでも心はそばにいる。

今度は、私から会いに行こう。


ローズがいない屋敷の中は、とても静かだった。

「少し、寂しいですね」

結婚して初めての、ふたりきりの夕食。本来ならこれが普通なのだけれど、ふたりきりだと思うと緊張で食事が喉を通らない。

「ああ、まさかこんなに寂しく感じるとは思わなかった。それに、ローズがいなくなったらモニカが緊張してしまっているみたいだし」

私が緊張していることに、アンソニー様は気づいていたようだ。

「ふたりきりになるのは、久しぶりでしょう……？」

緊張はしているけれど、嬉しくもある。この時を、ずっと望んでいたのだから。

今日私たちは、ようやく先延ばしになっていた初夜を迎えることができる。

ずっと待っていたから、心の準備もできている。

「実は俺も、緊張しているんだ」

アンソニー様を見ると、手が小さく震えていた。それがなんだか嬉しかった。緊張しているのは、私だけではない。そう思うと、安心からか食欲が湧《わ》いてきた。

お肉を切り分けて、次々に口に運ぶ。

「美味《おい》しい！」

そんな私を見つめながら、アンソニー様は優しく微笑《ほほえ》んだ。

「やっぱり、モニカはそのほうがいい。美味《おい》しいものを食べて、そうやって幸せそうに目を細めるところが可愛くて仕方ない」

今頃わかった。彼がいつも食べ物をくれていたのは、心配してくれていた気持ちもあっただろうけれど、私が食べるところを見たかったからだったんだ。食べるのが大好きな私が、食事も喉を通らなくなるほど、アンソニー様は大切で愛しい存在なのだと再確認した。

食事が終わると、リビングでお茶を飲みながら寛《くつろ》ぐ。私が落ち着けるようにと言っていたけれど、アンソニー様も落ち着きたかったのだと思う。

手を伸ばせば届く距離に、愛しい人がいる。幸せを噛みしめながら、お茶を口に運ぶ。

「ふたりきりになったことだし、一緒に風呂に入ろうか？」

とんでもないことを言い出すアンソニー様。思わず、口に含んだお茶を噴き出しそうになる。

「ゴホッゴホッ……いきなり、なにをおっしゃるのですか⁉　お風呂だなんてそんな……」

落ち着くどころか、ものすごく動揺《どうよう》している。そして、少し想像してしまって全身が真っ赤になってしまった。

「ダメ？」

子犬のような目で私を見つめながら、可愛くそう言った彼を見て、思わず頷《うなず》いてしまいそうになる。いくら心の準備ができたからといっても、お風呂はさすがにハードルが高すぎる。

「ダメです！」

はっきりとそう告げると、今度は耳を垂らして落ち込んでいる子犬みたいになった。

「残念。じゃあ、お先にどうぞ。風呂の後は、寝室で待ってて」

あっさり引き下がったところを見ると、私はまたからかわれたようだ。心臓に悪い。

けれど、やられっぱなしは納得がいかない。立ち上がって彼に近づき、耳元に唇を寄せる。

「わかりました。全てを脱ぎ捨てて、お待ちしております。アンソニー様、今日は眠ることを諦めてください」

そう囁《ささや》いて、お風呂に向かった。離れる瞬間、彼の心臓の鼓動《こどう》が聞こえた気がした。振り返らなくてもわかる。きっとアンソニー様は、今頃真っ赤になって固まっている……はずだった。

なのに、気づいたら後ろからふわりと抱きしめられていた。

「……アンソニー様？」

名前を呼ぶと、私を抱きしめる腕に力がこもる。

「君の負けず嫌いなところも大好きだけど、今のは逆効果だ。もう我慢《がまん》できる自信がない。このまま君を寝室に連れていきたいところだけど、初めての夜を俺のせいで台なしにしたくないんだ。どうかこれ以上、刺激しないでくれ……」

彼の声が、震えている。少し、やりすぎてしまったようだ。

「ごめんなさい、アンソニー様……」

そう答えると、抱きしめていた腕がそっと離れた。彼が今どんな顔をしているのか、確かめる勇気が出ない。せめて、急いでお風呂を終わらせようとその場を離れた。

お風呂を出て、寝室に向かう。

まだ、ドキドキしている。彼に抱きしめられた感触のことを思い出すと、身体が熱くなる。

寝室の前に立ち、息を整える。

ドアを開けて中に入ると、また緊張してきた。

ベッドに座り、心を落ち着かせようと胸に手を当てながら目をつぶる……

＊＊＊

「嘘……だろう……？」

アンソニーが寝室に入ると、モニカは幸せそうにすやすやと寝息を立てていた。

「こんなに幸せそうな顔されたら、起こすわけにはいかないな……はぁ……」

アンソニーは溜め息をつきながら、モニカの隣に横になる。

「これは、拷問《ごうもん》か……」

その日は結局、モニカは朝までぐっすり眠っていた。アンソニーは……言うまでもないだろう。

＊＊＊

「私……眠ってしまったのですね……」

陽の光が射し込む天井を見上げながら、独り言のように呟《つぶや》いた。申し訳なさすぎて泣きたくなる。

「とてもよく寝ていた」

返ってくると思わなかった返事が聞こえて、彼のほうをゆっくり見る。

「申し訳ありません……私……」

せっかくのふたりきりの初めての夜を、寝過ごしてしまうなんて。身体を起こし、ベッドから降りようとするとグイッと勢いよく手を引かれた。

次の瞬間、目の前にはアンソニー様の顔があった。彼は私に覆《おお》い被さると、頬《ほお》に優しく触れる。

「逃がさないよ……」

そう言った後、彼の顔がゆっくり近づいてくる……

夜はもう明けたけれど、彼の色っぽい視線にとろけそうになりながら、私はゆっくり目を閉じた。


「……私、また眠っていたのですね」

初めて彼に抱かれ、幸せな気持ちに包まれながら、彼の腕枕でいつの間にか眠っていたようだ。

「我慢《がまん》しすぎたからか、加減ができなかった……。無理をさせてしまってすまない」

彼は私の顔を覗《のぞ》き込むと、頬《ほお》にキスをした。ゆっくり離れていく彼の瞳には、とろけそうなほど幸せいっぱいな顔をした私が映し出されている。こんな締まりのない顔を見られているのかと思うと恥ずかしいけれど、緩《ゆる》みきった表情を戻すことなどできそうにない。

「可愛い……」

いつから彼は、こんなに私を可愛いと言うようになったのだろう。愛おしそうに見つめながら、そう口にされたら、またとろけてしまいそうになる。

「このままずっと、こうしていられたらいいのに……」

彼の腕にそっと触れ、この夢のような時間を堪能《たんのう》する。

この幸せが、永遠に続けばいいと願った。

終章

「モニカ様、クライム伯爵がお見えになっております」

ドアの向こうから、ロベルトの声が聞こえた。今はもうお昼くらいだろう。来客があるまで、起こさずにいてくれたようだ。

「応接室にお通しして、少し待っていただいて」

クライム伯爵は、バーディ侯爵家の領地のひとつを任せている貴族だ。といっても、父が任せていたシュバルツ伯爵を解雇《かいこ》し、新しくクライム伯爵に任せてからそんなに月日は経っていない。二カ月に一度、彼は定期報告のために屋敷を訪れる。けれど、前回訪れてから一カ月ほどしか経っていなかった。

急いでお風呂に入って汗を流した後、伯爵の待つ応接室に向かった。

クライム伯爵に任せている領地は、王都から馬車で一週間ほどの距離だ。往復で二週間……一カ月しか経っていないのだから、半分は移動にかかった時間ということになる。こんなに早く来るということは、なにかあったに違いない。

アンソニー様も深刻そうな事態だと察したようで、すでに応接室の前で待っていた。

「お忙しいところ申し訳ありません、バーディ侯爵。早急にお伝えしたいことがございます」

私たちが応接室に入るなり、クライム伯爵は慌てた様子でそう言った。

「お話しください」

椅子に腰を下ろすと、クライム伯爵は話しはじめた。

彼の話によると、一カ月ほど前から領地の山道に山賊が出るようになったのだという。伯爵が帰った時には、すでに多くの商人が被害に遭い、山賊を恐れた彼らは領地に寄りつかなくなっていた。

領地は山々に囲まれていて、山道を通らなければ行くことができない。重い積み荷を運ぶ商人たちは、格好の獲物《えもの》なのだろう。

伯爵はすぐに私兵と共に討伐《とうばつ》に向かったが、山賊が根城《ねじろ》にしている場所は難攻不落《なんこうふらく》で、大勢の兵が一度に攻め入ることができなかった。しかも山賊はかなり腕が立ち、討伐《とうばつ》は失敗に終わってしまった。このままではどうすることもできないと判断し、こうして伯爵自ら報告に来たようだ。

「知らせてくれて、感謝します。私兵たちは無事ですか？」

「……十人ほど、命を落としました」

伯爵は目を伏せながら、拳を握りしめた。目の前で私兵を失い、悔しかったに違いない。

「そう……ですか」

「俺が行きます」

ずっと黙って聞いていたアンソニー様が、口を開いた。

これほど怒りを含んだ彼の声を聞くのは、久しぶりだった。

私たちはすぐに、領地に向かうことにした。

一カ月近くも物流が止まり、領民は困っているだろう。領民たちは野菜を育て、それを売って生計を立てている。それに、商人が商品を売りに来なければ、小麦や果物や、それ以外にも必要なものが手に入らなくなる。

私はディアナに事情を話し、一緒に来てもらうことになった。領民たちに必要そうな商品を手配してもらい、私たちで護衛をしながら運ぶのだ。

山賊は商人を襲《おそ》う。だが、クライム伯爵と私たちの護衛だけでもかなりの数になる。それだけ武装していれば、手出しはできないだろう。

ディアナだけでなく、クリフト様まで同行してくれることになった。

「急なお願いを聞いてくれてありがとう」

ディアナとクリフト様、そしてアンソニー様と私は同じ馬車に乗った。本当に急なお願いだったのだけれど、快く引き受けてくれただけでなく、たった一日で商品を準備してくれた。

ディアナは、かなり優秀な商人なのだと再認識した。

「これくらい、私にかかればなんてことないわ。それに大きな商売になるのだから、お礼を言いたいのは私のほうよ。儲《もう》け話をありがとう」

ディアナには頭が上がらない。

今日のことだけではない。彼女がいてくれるだけで、今までどんなに心強かったことか。

私には頼れる夫だけでなく、頼れる友人までいる。これまでの辛い日々が嘘のように、今は恵まれているように感じる。

「ディアナはたくましいわね。そんなあなたに出会えたから、私は強くなることができた。感謝してもしきれないわ」

「モニカにそんな風に思ってもらえるなんて、感激で泣いてしまいそうだわ！」

すでに涙を流しながら感激してくれているディアナに、ハンカチを手渡す。

「大袈裟《おおげさ》ね。涙を拭《ふ》いて」

素直に反応してくれるディアナは可愛い。

亡くなった私兵たちのことを考えて沈んでいた気持ちが、少しだけ癒《いや》された。

王都を出発して五日。ここからは、山道を通ることになる。護衛の数が充分だといっても、気を抜くことはできない。警戒《けいかい》を怠ることなく、慎重《しんちょう》に進んでいく。

「見られているな」

アンソニー様が、馬車から窓の外を見ながら呟《つぶや》いた。

「やはりアンソニーはすごいな。私では、なにも感じ取ることができなかった」

クリフト様は感心しながら、ディアナを守るような姿勢を取った。

「敵の数は、二十人ほど……か。こちらの護衛の数は倍以上だ。よほどの馬鹿でない限り、襲《おそ》ってはこないだろう」

アンソニー様の言葉に安心し、戦闘態勢を解除《かいじょ》するクリフト様。彼はアンソニー様に絶大な信頼

を寄せているようだ。

アンソニー様の言う通り、私たちは山賊に襲《おそ》われることなく領地に辿りつくことができた。

「やっぱり、皆さん元気がないわね。こんなに緑豊かな土地で、野菜も大きくて美味《おい》しそうなのに、売れなければ腐《くさ》ってしまう。荷馬車に積めるだけ買い取るわ！　傷《いた》みかけているものでも、半額で買い取って私たちと護衛たちの食事に使いましょう。こちらの商品は、その先の空き地に店を出して売るわ。さあ、もたもたしないですぐに動いてちょうだい！」

ディアナの商人としての一面は、とても頼もしいものだった。テキパキ指示し、テキパキ動く。思わず見惚《みと》れてしまう。なんて、見惚《みと》れている場合ではない。私は私のやるべきことをやらなければ。領民たちのことはディアナに任せ、私たちは屋敷の応接室で作戦を立てることにした。

「前にも言った通り、俺が行きます」

はじめに口を開いたのは、アンソニー様だった。

「アンソニーなら、あの山賊たちが相手でも敵ではないだろうな。だが、どうやって攻める？　敵のアジトに近づこうとすれば、矢の雨が降ってくることになるぞ。クライム伯爵の私兵たちは、それで命を落としたのだろう」

「それなら考えがあります。山賊は商人から商品を奪《うば》うだけでなく、若い女性も攫《さら》っていきました。わざと攫《さら》われて、中から門を開けるのです。囮《おとり》には、領民の女性が立候補してくれました」

その作戦は、前回の討伐《とうばつ》を失敗した後にクライム伯爵が考えた作戦だそうだ。だが、実行することはなかった。たとえ中から門を開くことができたとしても、数人ずつしか突入できない。クライム伯爵の私兵たちでは、腕の立つ山賊に敵わないと判断したからだ。

立候補してくれた女性たちとは、野菜を売ることができずに困っている農家の娘たちだという。

けれど……

「それなら私が行きます。若い女性ならいいのでしょう？　領民を危険に晒《さら》すことなど、私にはできません」

領民を囮《おとり》に使い、自分は安全なところで待っているなんて、私にはできない。領民を守るのが、領主の務めだ。

「ダメだ！　モニカは大人しくここで待っていてくれ！」

アンソニー様が、初めて私に声を荒げた。

「……良い方法を思いついた。アンソニー、お前女になれ」

クリフト様は突然、突拍子もないことを言い出す。

「……は？」

意味がわからず、皆一瞬ぽかんとしていた。アンソニー様が口を開くまで、数分くらいは経ったような気がする。

「お前のその華奢《きゃしゃ》な身体と美しい顔なら、女装すれば女性に見えるはずだ。バーディ侯爵は、自分が行くという意思を曲げないだろう。それなら、お前がそばについて守ればいい。それと、門を開ける前に敵を半分くらい減らしておいてくれると助かる」

私とクライム伯爵は、アンソニー様の顔をまじまじと見た。目鼻立ちの整った、美しい顔立ち。

騎士ではあるけれど、無駄な筋肉はなく華奢《きゃしゃ》に見える。

「「確かに」」

クライム伯爵と声が揃《そろ》った。ディアナの婚約者に対して失礼ではあるけれど、クリフト様はなにも考えていないように見えて、私の性格まで理解していた。彼の提案なら、領民を危険な目に遭わせることなく、山賊を倒すことができるかもしれない。

嫌がるアンソニー様に私の服を着せ、メイクをしてみた。

「綺麗……」

本当に男性なのかと疑ってしまうくらい、息をのむほど美しかった。少し羨《うらや》ましいくらいだ。

「こんなので、本当に騙《だま》せるのか？」

鏡に映る自分を見ながら、アンソニー様は不機嫌《ふきげん》そうに言う。

「誰がどう見ても、今のアンソニー様は美しい女性です！　なんだか、悔しいです……」

うつむく私の顎《あご》を、彼は指先で上に向かせる。

「君のほうが美しい。自分で気づいていないだけで、これほどまでに美しい女性は見たことがない。瞳も真っ直ぐで、とても綺麗だ」

いつものアンソニー様の軽い台詞《せりふ》……とは思えないほど、熱を帯びた眼差しで私の目を見つめる。こんな状況じゃなかったら、目を閉じていただろう。ゆっくり彼の顔が近づいてきて……

「お待ちください。その容姿ではちょっと……」

中身はアンソニー様だとわかっていても、なんだかイケナイ気がした。

「……そうだった。この件が片づいたら、覚悟しておくように」

残念そうに私から離れていく、アンソニー様。今は女性の格好をしているからか、ドキドキするというよりなんだか可愛く思えた。

「ふふっ」

あまりにも可愛らしくて、思わず笑ってしまう。それが納得いかなかったのか、彼は不機嫌《ふきげん》そうに唇を尖《とが》らせた。それがまた可愛かったけれど、口に出すのはやめておいた。

決行は、明日の朝七時。

メンバーは私とアンソニー様、その他は護衛たちが商人に扮《ふん》する。山賊が現れたら私たちと積み荷を置いて、護衛たちには逃げてもらうように命じてある。私たちは怯《おび》えるフリをしながら、その場に留まって捕まるという計画だ。

「本当に行く気か？」

アンソニー様はまだ、私が行くことに不満を持っている。

「行きます。侯爵として、身を守るくらいの剣術は身につけています。それに、アンソニー様が守ってくださるでしょう？」

彼の顔を覗《のぞ》き込みながら、上目遣いでそう聞く。私はズルい。彼は、絶対に私を守ってくれる。彼が私を連れていくように、わざとこんな聞き方をした。

「守るに決まっている」

彼の心が決まったようだ。

お荷物になるつもりはない。守られるだけの存在ではいたくないし、ここは私の領地だ。母が亡くなって、私が侯爵を継いでからの数年間、父が領民を苦しめてきた。幼かったとはいえ、私は領主だった。ずっと、なにもできなかった……今が、償《つぐな》うことのできる機会だと思う。

今度こそ、私が領民たちを守るのだ。


朝が来た。平民に見えるように服と靴を借り、メイクもしてもらった。同じような服を着ているのに、アンソニー様はやっぱり綺麗だった。

「絶対に、俺のそばから離れるな」

美しい女性にそう言われると、なんだか複雑な気持ちだけれど、アンソニー様は真剣そのものだ。私も気を引き締めて、「はい」と返事をした。

服の下に細めの剣を隠して、馬車に乗り込む。

私たちは姉妹の商人で、王都に野菜を売りに行くという設定だ。アンソニー様は話すと女性らしくなくなってしまうので、あまり喋《しゃべ》らないように気をつけてもらう。

「怖くはないか？」

心配して、手を握ってくれるアンソニー様。

「怖くはありません。私の領民を苦しめたことを、後悔させて差し上げます」

私の答えに、馬車に乗ってからずっと難しい顔をしていた彼の表情が柔《やわ》らかくなった。

「君は、本当に強くなったな。消えてしまいたいと言っていたあの頃とは別人のようだ。まいったな……新しい一面を知るたびに、俺はまた君に恋をする。何度も何度も同じ女性に恋をするなんて、幸せすぎる」

その言葉は、女装していない時に言ってほしかったなんてわがままだろうか。こんなにも嬉しいことを言ってくれる彼に、私は心配ばかりかけている。

「一生……いいえ、永遠に恋してください。私も、永遠にあなたを愛し続けます」

握ってくれている手を、ぎゅっと握り返す。

その時、彼の顔つきが変わった。どうやら敵が現れたようだ。

馬車が急に停まり、外が騒《さわ》がしくなる。

「積み荷を、置いていってもらおう！」

剣がぶつかり合う音が響いている。そろそろ、商人になりすました護衛が逃げ出す頃だ。

そして、この馬車のドアが開かれる……

「おいおい、良い女がふたりもいるじゃねーか。今回は当たりだな」

下卑《げび》た笑みを浮かべながら、山賊がこちらを見る。私は怯《おび》えた演技をしながら、「お願いです！殺さないでください！」と叫んだ。

「殺すなんてもったいない。これだけの上玉《じょうだま》なら高く売れる。さっさと降りろ」

私たちは抵抗せず、大人しく馬車から降りる。手首を縄《なわ》で縛《しば》られ、そのまま山賊のアジトに連れていかれた。ここまでは、予定通りだ。死者も出ていない。

クライム伯爵の言った通り、人ひとり分ほどの幅の山道を登った先にアジトがあり、侵入するのはかなり難しそうだ。この狭い道で上から弓で狙い撃ちされたら、ひとたまりもない。

私たちを襲《おそ》った山賊は十五人ほどで、アジトには見張りも含め十人の敵を確認した。

丸太で作られた大きな門を開き、中に入ると開けた場所に出た。その奥には、洞窟がある。どうやら彼らはあの洞窟で寝起きしているようだ。

「すげー良い女だな！　特にこっちの女、高く売れそうだ！」

彼が、山賊の頭目のようだ。アンソニー様を舐《な》めるように見ると、いやらしい笑みを浮かべる。

アンソニー様の顔は引きつっていたけれど、必死で我慢《がまん》しているようだ。

「他の女どもと一緒に閉じ込めておけ」

私たちの他にも、女性が監禁《かんきん》されているようだ。今までに攫《さら》われた人たちが、まだここにいてくれたことに感謝した。

山賊は私たちを、洞窟の中にある牢《ろう》に入れ、外側から鍵をかけた。中には、五人の女性が閉じ込められていた。

「アン、大丈夫？」

見張りが見ているから、事前に決めておいた偽名でアンソニー様に呼びかけた。

そっと近づき、彼の背中に手を伸ばす。服に入れておいた切り込みから、隠し持っていた剣を取り出せるように細工をしておいたのだ。切り込みを少し開いた後、私は見張りに話しかける。

「私たちはどうなるのですか？　ここから出してください！」

私が見張りの気を引いている間に、アンソニー様が背中から剣を取り出す。

「大人しくしていろ。騒《さわ》ぐだけ無駄だ」

アンソニー様が剣を取り出したのを確認し、もう一度見張りの男に話しかける。

「騒《さわ》がないので、お水をくれませんか？　喉がカラカラなんです」

面倒くさそうにしながらも、彼は水を取りに行ってくれた。戻ってきた男が水を手渡そうと檻《おり》の中に手を伸ばした瞬間、アンソニー様がその手を掴んで引き寄せる。体勢を崩した男のポケットから私が鍵を取り出すと、アンソニー様は男の胸に剣を突き刺した。

「きゃあっ」

女性たちは小さく悲鳴を上げたけれど、他の山賊に気づかれないように皆口元を押さえて黙った。

鍵を開けて牢《ろう》から出る。私も、背中に隠していた剣を取り出して構えた。

「皆さん、ここから逃げましょう」

私の言葉に、囚われていた女性たちが頷《うなず》いた。

「モニカ、俺の後ろから絶対に離れるな」

アンソニー様を先頭に、物陰に身を隠しながらゆっくりと洞窟の出口へ向かう。牢《ろう》に入れられた時、洞窟内にいた山賊の数は先ほど殺した見張りを含めて三人。女性しかいないからか、気を抜いているようだ。残りの山賊をあっという間に倒し、外の様子をうかがう。

外では山賊たちが、楽しそうに酒を飲んでいた。私たちから奪《うば》った積み荷が、たいそうお気に召したようだ。積み荷は、ワインだった。ワインの中には、睡眠薬を入れてある。飲んでくれるかは賭《か》けだったけれど、飲まなくてもアンソニー様なら問題はなかっただろう。

「そろそろ効いてくる頃ですね」

ひとりふたりと、眠りに落ちていく。

数人はあまり飲まなかったのか、眠る気配がない。

「ここにいろ。行ってくる」

アンソニー様はそう言って、山賊たちのもとに歩いていく。

「お前⁉　どうやって出たんだ⁉　見張りはなにをしてやがる！」

数人が、一度に斬りかかってくる。その攻撃をものともせず、アンソニー様はひらりひらりと剣を避《さ》けていく。頭に血が上り、動きが単調になった男たちを次々に斬り捨てていった。

静かで、無駄な動きがない完璧な暗殺術。やっぱり、彼は強い。

「お前ら、一体何者だ⁉」

門の見張りや外からも、山賊たちが次々に中に入ってくる。外から入ってきたのは、アジトを目指す侵入者に矢を放つための者たちだろう。つまり今突入すれば、矢の心配はないということだ。

私は首から下げていた笛を取り出し、力いっぱい吹いた。甲高い笛の音が響き渡る。これで、攻め込むタイミングを待っていたクリフト様に合図が伝わるはずだ。

「皆さんは、ここに隠れていてください！」

私は全速力で門まで走り、鍵を開けた。

「お前、なにしてるんだ‼」

まだ見張りが残っていたようで、門の鍵を開けた私に気づいて襲《おそ》いかかってきた。

「舐《な》めないで！」

斬りかかってきた男の剣を自分の剣で止めて、するりと受け流す。力の弱い女だからと、甘く見てもらっては困る。再び剣を振りかぶった男の懐《ふところ》に飛び込み、胸から腰にかけて斬りつけた。同時に、男が突然うめき声を上げて倒れた。その背には、心臓の位置に矢が刺さっている。

「さすがですね、バーディ侯爵！」

矢を放ったのは、クリフト様だった。クリフト様やクライム伯爵、そして兵たちが到着した……のだけれど、他の敵は眠っているかアンソニー様に倒されていて、すでに決着がついていた。

「おいおい、少しくらい残しておいてくれよ」

気合いを入れて乗り込んできたのに、クリフト様は出番がなくて不服そうだった。

女性たちは無事に保護され、眠っていた山賊たちは捕らえられた。その中には、頭目も含まれていた。山賊たちは、王都に連行されていった。

後にわかった話だが、彼らは隣国との戦の時にこの国を調べるために送り込まれた、スパイだったようだ。父や義母が匿《かくま》い、ブラント公爵邸を襲撃《しゅうげき》した人たちと同じく、用済みになって隣国に捨てられたスパイたちの末路だ。一方はお金と復讐《ふくしゅう》のためにブラント公爵邸を襲撃《しゅうげき》し、一方は山賊となって生きる道を選んだ。もっとまともに生きる道は、なかったのだろうか……

私たちが戻ると、領民たちが盛大に出迎えてくれた。

「皆さん、お疲れ様でした！」

ディアナの笑顔を見たら、ホッとした。覚悟していたつもりが、やっぱり恐怖を感じていたようだ。

人を斬ったのは、初めてだった。トドメをさしたのは私ではなかったけれど、私が殺したようなものだ。こんなことで動揺《どうよう》していたら、この先が思いやられる。

これからも、領主として戦わなければならないこともあるだろう。しっかりしなければ。

「やはり君はすごいな。俺の妻は、本当に格好いい。だが無理はするな。俺が半分引き受けるから、もっと頼ってくれ」

侯爵として私がやらなければと、気負いすぎていたのかもしれない。彼に頼ってばかりではいけない、彼に負担をかけてばかりではいけないと思っていたけれど、私が無理をするほうがかえって彼を傷つけてしまうのだと思い知った。

後ろから、彼にそっと抱きつく。

「少しだけ、このままでいさせてください」

彼の鼓動《こどう》が聞こえて、なんだか落ち着く。

「少しと言わず、ずっとくっついてくれてもいいぞ？」

軽い台詞《せりふ》を言いながら、彼はお腹に回した私の手を握った。私の手を握る手が、少し震えている。

「ずっとこのままだと、私の顔を見ることができなくなりますよ？」

「それは嫌だ!!」

子供のようなアンソニー様が可愛くて、抱きしめる腕に力を込める。

「……怖かった。俺が離れたせいで、君を危険な目に遭わせてしまった。君になにかあったらと思うと、怖くて怖くてたまらない……」

こうして本音を話してくれる彼が、すごく愛おしい。

「もう二度と、無茶をしたりしません。アンソニー様を、悲しませたくない」

私にとって、なによりもかけがえのない人。

「いつまでイチャイチャしているの？　人前だっていうのに、まったく！」

ディアナは腰に手を当てて、ムッとした顔をしながらそう言った。

みんなの見てる前で、私はアンソニー様に抱きついていた……

「まあまあ、いいじゃないか。仲が良くて羨《うらや》ましいよ。俺たちも、熱い抱擁《ほうよう》を……」

ディアナに向かって、両手を広げたクリフト様。

「冗談ですよね？　さっさとその汗臭い鎧《よろい》を脱いで、お風呂に入ってきてください！」

ディアナに冷たく言い放たれ、クリフト様は悲しそうに腕を下ろした。……ディアナが、ローズに似てきている気がする。少し可哀想だと思ったけれど、クリフト様はそれでも幸せそうだった。

なんだかんだ、ふたりはお似合いみたいだ。

山賊の問題が解決し、私たちは王都に戻ってきた。

少し疲れたけれど、こちら側は誰も命を落とすことなく無事に解決できて、ホッとしている。

「アンソニー様、本当にありがとうございました。解決できたのは、アンソニー様のおかげです」

「本当にそう思ってる？」

イタズラな笑みを浮かべて、顔を覗《のぞ》き込んでくる。

「思っています……」

こんなに近くで見つめられて、緊張から声が上ずってしまう。

「それなら、俺の願いを聞いてほしい。一緒に風呂に入ろう！」

「嫌です」

なにをお願いするのかと思えば……

「なぜだ!?」

目を見開いて驚いている。逆に、なぜそのお願いを聞くと思ったのか……

私が呆れたように溜め息をつくと、彼は唇を尖《とが》らせながら不機嫌《ふきげん》な顔をした。

「アンソニー様、そんな顔をしないでください」

尖《とが》らせている唇に、キスをする。

「機嫌《きげん》、直りましたか？」

首をかしげながらそう聞くと、彼はまたイタズラな笑みを浮かべて私を抱き上げた。

「アンソニー様!?」

「風呂は諦めるから、ベッドに行こう」

強引なアンソニー様に戸惑いながらも、彼の首に腕を回す。

甘い雰囲気とはほど遠いけれど、強引な彼も、愛してる。

ご存知ないようですが、父ではなく私が当主です。

番外編集

番外編　一　ローズの結婚式

私たちはローズの結婚式に出席するために、モートン公爵邸を訪れていた。もちろん、ディアナとクリフト様も一緒だ。

「いよいよ明日は結婚式ですね！　ローズ様、どんな気分ですか？」

ディアナは目をキラキラさせながらソファーから身を乗り出し、ローズを見つめる。

今日はローズの提案で、女の子だけで彼女の独身最後の夜を過ごすことになったのだ。

「結婚するなんて、まだ実感が湧《わ》かない。でも、すごく幸せな気持ちよ」

本当に幸せそうに、目を細めながら微笑《ほほえ》む。いつもはキリッとした顔立ちのローズが優しい表情になっている。

「ローズ、幸せになってね」

イリス殿下となら、絶対に幸せになれるだろう。紹介してくださったマーク様には、本当に感謝している。

「もちろん！　それでね、結婚の先輩であるモニカに、聞きたいことがあるの……」

なぜかモジモジしながら頬《ほお》を染めるローズ。聞きたいこととは、なんだろうと首をかしげる。

「あのね……アンソニー様との初夜は、どんなだった？」

ローズの質問に、私の顔が真っ赤に染まる。まさか、そんなことを聞かれるとは思わなかった。

「そ、そ、そんなの、言えない！」

恥ずかしくて言えないという理由もあるけれど、アンソニー様とのことはふたりだけの大切な時間だ。それを話すのは、違う気がした。

「え〜⁉　教えてくれてもいいじゃない！　初夜のことを考えると、緊張でどうにかなってしまいそうなのよ。失敗したらどうしようって、食事も喉を通らないの」

気持ちはわかるけれど、きっと、正解なんてないと思う。

「ローズはイリス殿下が本当に好きなのね」

そう言うと、ローズは照れくさそうに頬《ほお》を染める。あの気が強いローズが、好きな人とのことで不安になっているところが可愛らしい。

「こんな気持ち初めてで、どうしたらいいのかわからないのよ」

「ローズはローズのままで、いいんじゃないかな。イリス殿下も、そんなローズのことを好きになったと思うし」

他の人の恋愛にはガンガン首を突っ込むローズも、自分の恋愛になると自信がなくなるようだ。

「そっか……そうよね、ありがとうモニカ！」

自分のままでいいと言われ、安心したのか、いつものローズに戻っていた。

「……ディアナ？　大丈夫？」

ディアナは真っ赤な顔で固まっている。その時、ノックの音が聞こえてきた。

「女子だけの集まりに、どうして私を呼んでくれないの!? 仲間外れだなんて寂しいじゃない」

勢いよく入ってきたのは、アダリンド叔母様だった。

「叔母様!?」

「お母様!? なにをおっしゃっているの、もう女の子って歳じゃないでしょう!」

「ローズったら、なんてことを言うのかしら!? お母様は悲しいわ……」

泣き真似をしながら、チラチラと私に助けを求めてくる叔母様。

「ローズ、いいじゃない。歳なんて関係ないわ。いくつになっても女の子よ」

今度は泣きそうな顔で私を見る叔母様。そんな叔母様が可愛らしく思えた。

「……仕方ないなあ。じゃあ、お母様とお父様の出会った頃のことを聞かせて?」

すぐに叔母様を受け入れると、恋愛話をしてほしいと目を輝かせる。ローズはやっぱり、他人の恋愛話が好きなようだ。

「旦那様との？ そうね……あれは……」

叔母様に、叔父様との出会いを聞いたのが間違いだった。その日は一晩中、叔母様の惚気話《のろけばなし》を聞かされ、一睡《いっすい》もできなかった。

「……意識が飛びそう」

「私も……」

ディアナと私は、睡魔《すいま》と闘いながら結婚式に出る準備をしていた。今なら立ったまま眠れると思う。叔母様とローズも同じ状況だったはずなのに、ものすごく元気だ。モートン公爵家の血、恐るべし。

「気を引き締めましょう！　今日はローズの結婚式なんだから、こんな顔で出席できないわ！」

「そうね！　モートン公爵家の結婚式だけあって、出席される方々の顔ぶれも素晴らしいもの！　人脈を広げるチャンスだわ！」

……ディアナ、なにか違うような？　さすが商人だ。もちろん、彼女がローズの結婚を心から喜んでいることはわかっているけれど。

結婚式は、モートン公爵邸の庭園で行われる。広大な敷地に、緑豊かな庭園。青空が広がり、とても気持ちがいい。たくさんの招待客たちが、ローズとイリス殿下のお祝いに駆けつけた。

式の前に控え室に行くと、純白のウエディングドレスに身を包んだローズが幸せそうに微笑《ほほえ》んでいた。

「ローズ、おめでとう。寝ていないとは思えないほどお肌がツヤツヤしてて、すっごく綺麗！」

「ローズ様、本当にお綺麗です！　私、見惚《みと》れちゃいました！」

「ふたりとも、ありがとう」

いつか、恋がしたいと騒《さわ》いでいたローズ。素敵なお相手に出会えて、本当によかった。

結婚式は、盛大に行われた。ふたりが幸せそうに見つめ合う姿に、招待客もうっとりしている。

「うぅ……ぐすっ……」

「ディアナ!?」

ディアナは顔をぐしゃぐしゃにしながら、号泣していた。

「よかった……ローズ様……本当に、よかった……ううう……」

ローズの幸せそうな姿を見て、感極まったようだ。人脈を広げるチャンスだと言っていたのに、すっかり忘れている。そんなディアナの涙を、クリフト様が一生懸命拭《ふ》いてあげていた。

そっとアンソニー様の手が、私の手に触れる。そのまま、手を握られた。大きくて温かい手に包まれて、私の心も幸せで満たされていく。

「アンソニー様。私と出会ってくれて、ありがとうございます」

「急に、どうした?」

「なんとなく……言いたくなってしまいました」

ローズの幸せそうな姿を見ながら、私も最高に幸せなのだと再認識した。

「なんとなく……か。俺も、言いたいことがある」

なんだろうと思っていると、アンソニー様の顔が近づいてきて、「愛してる」と耳元で囁《ささや》いた。

その瞬間、私の顔は真っ赤に染まった。

ローズの結婚式が終わり、その日は一泊してから帰路につく。ローズとイリス殿下の初夜はうまくいったようで、昨日よりさらに距離が近づいていた。

当分会えなくなるけれど、ローズの幸せそうな顔を見られて満足だ。

「気をつけてね」

「ありがとう、またね」

さよならは言わない。悲しい顔でお別れするよりも、笑顔で別れるほうがいい……と思っていたのだけれど……

「うわああああん！　ローズ様～！　寂しいです！」

隣でディアナが号泣していた。今回のことで、ディアナが涙もろいことを知った。

「ディアナ、泣かないで。またすぐに会えるから」

優しくディアナの頭を撫《な》でるローズ。

「……はい」

泣き止んだディアナの肩をクリフト様が抱き寄せ、ふたりで馬車に乗り込んでいった。

「じゃあ、私も行くわね」

「モニカ……」

ローズはそっと私を抱きしめた。

「ローズ、泣いてるの？」

「泣いてない！　私が、泣くわけないでしょ！」

洟《はな》をすする音が聞こえる。私はそれ以上なにも言わず、ただローズをギュッと抱きしめた。

「次は、私が会いに行くわ」

そっと離れたローズは、いつものローズに戻っていた。

「待ってる」

馬車が走り出し、モートン公爵邸が遠ざかっていく。

「泣き疲れたのかな？」

いつの間にか、ディアナはすやすやと寝息を立てている。

「可愛い寝顔だなあ」

クリフト様はディアナの寝顔を見ながら、目を細めて微笑《ほほえ》んでいる。

「寝かせてあげましょう。私も、少し眠くなってしまいました」

「俺に寄りかかるといい」

アンソニー様の肩にもたれかかり、目をつぶった。

番外編　二　休日

仕事が忙しく、アンソニー様とのすれ違いの日々が続いていた。

学園に通っていた頃は、ふたりであの場所で過ごせる時間があったけれど、今は朝食の時間しか一緒に過ごせないでいる。

「明日、ふたりとも休みだろう？　どこかへ出かけないか？」

朝食をとりながら、アンソニー様がさりげなく誘ってくれた。

久しぶりに一緒に過ごせることが嬉しくて、「行きたいです！」と即答していた。

「これ、気合い入りすぎかしら？」

鏡の前で、自分の姿を何度も確認する。

「お綺麗ですよ。アンソニー様も惚《ほ》れ直してしまうくらいに！」

「そう……かしら。じゃあ、これにするわ」

マリアンに褒《ほ》められて、少しだけ自信が出た。アンソニー様をお待たせしてはいけないと、急いで玄関に向かう。ふたりで出かけるなんて、いつぶりだろうか。ドキドキとワクワクが入り交じった感情。嬉しくて、顔がニヤけてしまう。

玄関で待つ彼の姿を見つけて手を振ると、彼も手を振り返してくれた。

「お待たしました」

「こら、走るな。ゆっくりで大丈夫だから。それにしても、いつも可愛い俺のモニカが今日はさらに可愛いな」

頬《ほお》が熱くなる。気合いを入れて、よかった。

「行こうか」

差し出された手を握り、馬車に乗り込んで出発した。


「どちらに行かれるのですか？」

行き先は任せてほしいと言われたので、まだどこに行くかは知らない。アンソニー様と一緒なら、どこでも構わなかった。

「着いてからの、お楽しみ」

そう言って、イタズラっぽく笑うアンソニー様。

「え〜！　教えてくれてもいいではないですか！」

頬《ほお》を膨《ふく》らませて文句を言うけれど、こんなやりとりもなんだか楽しい。

「こっちにおいで」

アンソニー様は、自分の隣に来るようにと両手を広げた。愛おしそうに見つめられて、吸い込まれるように彼の隣の席に移る。

「素直でよろしい」

彼の甘い声が耳元で聞こえて、なにも考えられなくなる。気づくと、彼の腕の中にいた。

「アンソニー様……あの……」

彼の吐息が聞こえるほど近い距離で見つめられ、恥ずかしくて目を逸らす。

「こっちを向いて」

彼の声に抗《あらが》うことができず、ゆっくりと彼のほうを見た。

「ずっと、こうしたかった」

「……私もです」

ずっと、アンソニー様に触れたかった。彼の温もりが伝わってきて、ドキドキしているのに落ち着く。これほど誰かを、愛おしいと思えるなんて……

目的地に着くまで、アンソニー様は離してくれなかった。

アンソニー様が連れてきてくださったのは、人気のカフェだった。

一時間ほど並んで中に入ると、甘い匂いに包まれる。並んでいたら、店長さんが中にどうぞと言ってくれたけれど、私たちは並ぶことを選んだ。学園で私のために食べ物を買ってくれた時も、こうして断って並んでくれていたのだろう。アンソニー様らしい。

「良い匂い」

店員さんに案内されて、テラス席に着く。

「ここは、ケーキが美味《おい》しいと評判でね。モニカと一緒に来たかったんだ」

アンソニー様は、甘い物が特別好きというわけではない。そんな彼がここに来たかったのは、私のためだろう。

「前はアンソニー様だけで並ばせてしまいましたからね。今日は一緒に並ぶことができて、美味《おい》しいケーキがいただけるなんて嬉しいです！」

「俺は、美味《おい》しいものを食べてる時のモニカが大好きなんだ。たまにはこうして美味《おい》しいものを食べに来よう」

アンソニー様と一緒に過ごせる時間は、本当に甘くて幸せな時間だ。

忙しくて疲れが溜まっていた身体が、癒《いや》されていく。

「お待たせいたしました」

「わあ！　美味《おい》しそう！　いただきます！」

ケーキが運ばれてきて、さっそくいただく。

「クリームがついてる」

アンソニー様の親指が、私の唇をぬぐった。その仕草に心臓が高鳴る。

そのまま彼は、クリームのついた親指を舐《な》めた。

「あの……」

「ん？　どうした？」

赤くなっていく私の反応を、楽しんでいるように見える。

「あのふたり、素敵！」

「こっちまでキュンキュンしちゃうわ！」

「すごくお似合いね」

他の席の女性客たちが、私たちを見ながら噂《うわさ》している。

「人目があります……」

「ふたりきりならいいの？」

今日のアンソニー様は、少し意地悪だ。

「そんな質問、ズルいです！」

キッと睨《にら》みつけて、ささやかな抵抗をする。いつもなら負けじとやり返すところだけれど、それができないほど、彼と過ごす時間がなくて寂しかった。

「あまりに君が可愛いから、つい意地悪したくなってしまった」

本当にズルい。そんな風に言われたら、なにも言えなくなる。

いつもより意地悪な彼と、目一杯お休みを満喫することができた。

番外編　三　モニカとの出会い　Ｓｉｄｅディアナ

学園に編入したけれど、商人上がりの男爵の娘である私と仲良くしてくれる人なんていない。

商売だと割り切れば強気で話せるのに、友達を作るとなると話は別だ。

元々私は、引っ込み思案で大人しい性格。同じ年頃の子と、普通に話すことさえできずにいた。

それでも、勇気を出さなくちゃ。人脈を広げるために、バカ高いお金を払ったんだから。

「あの……」

「なに？　あなた、誰？」

ようやく同級生に話しかけたけれど、冷たい対応をされて、たじろぐ。

「わ、私……」

「はっきり言ったら？　あなた暗いわね。悪いけど、私は忙しいの。用がないなら話しかけないでくださる？」

そう言い放たれて、なにも返せなかった。彼女はそのまま、他の子に話しかけに行ってしまう。

「なにあれ？　気色悪いったらないわ」

「あの子、確か商人の娘よ。お金で爵位を買ったって噂《うわさ》の」

「嘘……そんな子が、どうしてこの学園に通えるの？　あんな子といたら、品性を疑われるわ」

嫌われるのは仕方がない。父が、爵位をお金で買ったのも事実だ。

貴族になりたかったわけじゃない。でも、父は私のことを思って爵位を得た。いつか家を継いで、私も商人として生きていく。その時に良い縁を得られるように、と。

だけど人脈を作ろうにも、話しかけただけで、こんなに悪口を言われてしまう。今日編入したばかりなのに、もう学園に通うのが苦痛になっていた。

クラスメイトの中に、一際目立つ女の子がいた。名前は、モニカ・バーティ様。すごく綺麗で、笑顔が素敵で、女の私でも見惚《みと》れてしまう。

あの方と、友達になりたい……そう思いながら、離れたところで見ているのが精一杯だった。

それから一カ月が経っても、友達はできないままだった。話をする相手すらいない。透明人間にでもなったかのように、誰も私のことを見ようともしない日々。

そんな時、毎日見つめていたモニカ様と目が合った。

「え……」

モニカ様は、私に向かって微笑《ほほえ》んでくれた。しかも、ものすごく可愛い！

少なくとも、モニカ様だけは私をクラスメイトだと思ってくれている。それだけが、学園での唯一の救いだった。

「おはよう」

翌日、モニカ様は私に挨拶《あいさつ》をしてくださった。

「お、お、お、おは……よう……」

うまく挨拶《あいさつ》を返すことができない自分が、情けなくなる。モニカ様が笑顔を向けてくださっているのに、目を合わせることさえできない。

「モニカ、おはよう」

すぐにエイリーン様が教室に入ってきて、モニカ様の笑顔が彼女に向けられた。微笑《ほほえ》み合うふたりを見ていると、羨《うらや》ましくて仕方がない。私もあんな風に、モニカ様と笑顔を交わせたらいいのに……

なにも変わらないまま、一年が過ぎた。

友達ができるどころか、モニカ様以外の生徒からは空気扱いだ。それでも、こんな私にモニカ様が毎日挨拶《あいさつ》をしてくれることが、ささやかな幸せだった。

「あなた、商人の娘なんですって？　この学園は、貴族が通う学園なの。あなたみたいな人がいていい場所ではないのよ」

「そうよそうよ！　あなた、自分がいやしい存在ってことに気づいていないの？」

「で……でも……」

ある日、同級生にいきなり呼び止められて、突然文句を言われた。

陰口を言われるのには慣れていたけれど、直接言われたのは、初めてだった。

こんなことを言ってくる彼女たちのほうが、よっぽど貴族らしくない……なんて、心の中で言い返すことしかできない自分が悔しい。

「本当に気味が悪いわね。はっきり話せないの？」

オドオドしている私が気に食わないのか、彼女たちはさらに不機嫌《ふきげん》な顔になる。私だって、こんな自分が嫌だ。でも、話そうとすると声が出なくなる。

「なにをしているの？」

その時、凛《りん》とした声が響いた。

周りにいた生徒たちは見て見ぬふりをしていたのに。振り返らなくても、声ですぐにわかった。

モニカ様だ。

「モニカ様……これは、違うんです！　彼女に教えてあげていたのです。この学園は、貴族が通う学園だと。商人の娘なんて、この学園には不似合いです！」

「彼女はセイナー男爵家の令嬢で、れっきとした貴族よ。あなたはなんの権利があって、そんなことを言っているの？　貴族が通う学園なら、あなたのほうこそ貴族らしくするべきだわ」

やっぱり、モニカ様は素敵な方だ。

「え……あの……すみませんでした……」

モニカ様にはっきり言われ、文句を言ってきた生徒たちは逃げていった。

優しく声をかけてくれているのに、私は振り返ることすらできない。

「大丈夫だった？」

「あ……あの……あ、ありがとう……ございました」

そのまま私は、その場から走り去っていた。助けてくれたのに、モニカ様と目を合わせる勇気がなかった。

あんな失礼な態度を取ったのに、モニカ様は何事もなかったかのように、それからも毎日挨拶《あいさつ》をしてくれた。

そんなある日、モニカ様のお母様が亡くなった。葬儀《そうぎ》に参列したけれど、やっぱり話しかけることはできなかった。悲しむモニカ様に、声をかけることすらできない自分に腹が立った。

月日が過ぎ、あの日からモニカ様は日に日にやつれていっている。

彼女のお父様が再婚したことに、関係があるのだろうか。見るからに辛そうなのに、彼女はいつも私に笑いかけてくれる。

力になりたい……そう思っても、私にはなにもできなかった。


それから数年。お父様の仕事の手伝いで数日学園を休んでいた私が久々に登校すると、学園の雰囲気が変わっていた。

門の前で、なぜかモニカ様の婚約者のルーファス様と、彼女の義姉のサンドラ様が恋人同士のように寄り添っている。周りの生徒たちも、それを羨《うらや》ましそうに見ている。

一体これは、どういうことなのだろうか。

事情はすぐにわかった。周りの生徒たちが、モニカ様に対して悪口を言っていたからだ。

どうやら婚約者のルーファス様を、サンドラ様が奪《うば》ったらしい。そんな酷いことをしたサンドラ様がチヤホヤされているのが、納得いかない。

モニカ様を傷つけておいて、どうしてあんな風に笑えるのか……

教室に行くと、エイリーン様がモニカ様に酷い言葉を投げかけていた。

まさか、エイリーン様までモニカ様から離れてしまったなんて信じられない。モニカ様が誰かを傷つけるようなことをする方ではないと、エイリーン様が一番わかっているはずなのに……

モニカ様が辛い時に、そばにいられなかったことを後悔した。

今、話しかけなくちゃ。勇気がないなんて、そんなこと言っていられない。

大好きなモニカ様が、苦しんでいるのだから！

勇気を振り絞り、震えながらハンカチをモニカ様に差し出した。

「あの……これ、使ってください」

逃げ出したい気持ちをぐっと堪《こら》えて、初めてモニカ様に話しかける。

その時、モニカ様の瞳が揺れた。

その表情を見て、彼女がどれほど辛い思いをしていたのかわかった気がした。

「私、モニカ様のことを信じています！　こんなのおかしいです！」

もうオドオドするのはやめた。

モニカ様の力になりたい。私はずっと、彼女が大好きだったのだから。

番外編　四　モニカとの出会い　Ｓｉｄｅアンソニー

幼い頃から、父上のようになりたかった。だから見様見真似《みようみまね》で父上の剣術を練習していた。それが、こんなことになるとは思ってもみなかった。

「お逃げください！」

夕食の時間、護衛の声が食堂に響き渡った。

なにが起きているのかわからず、食事の手を止める。

「なにがあったのですか？」

尋常《じんじょう》ではない護衛の様子に、母上が尋《たず》ねる。

「襲撃《しゅうげき》です！　屋敷が……何者かに襲撃《しゅうげき》されています！」

襲撃《しゅうげき》……父上は留守だが、護衛の数は充分いるはずだった。

それなのに、こうして話している間にも襲撃犯《しゅうげきはん》がすぐそこで戦っている音が聞こえる。

「どういうことですか!?　護衛はなにをしているのです！」

「それが……何者かが襲撃犯《しゅうげきはん》を手引きしたようなのです！　それにただの賊《ぞく》とは思えないほどの手練《てだ》ればかりで……」

「マーク、アンソニー、こちらへ！」

母上は僕と兄上を連れ、急いで食堂を出ようとした。

その時……襲撃犯《しゅうげきはん》が、食堂の中に入ってきた。

ひとり、またひとりと敵が侵入してくる。母上は僕たちを背中に庇《かば》い、知らせに来た護衛がその前で剣を構える。襲撃犯《しゅうげきはん》は余裕の笑みを浮かべながら、他の仲間を待っているように見えた。

「母上……」

恐怖から、母の服を掴む。

「大丈夫よ。あなたたちに、指一本触れさせはしないわ！」

「いいねえ。気の強い女は、嫌いじゃないぜ」

襲撃犯《しゅうげきはん》は気持ちの悪い笑みを浮かべながら、母上を見ている。

「お前たちは、一体何者だ!?」

護衛が尋《たず》ねると、襲撃犯《しゅうげきはん》たちは一斉に笑い出した。

「何者かって？　あんたらの大事なご主人様に、国がやられちまってね。仕返しに、公爵の大切なものをめちゃくちゃにしてやろうと思ったのさ」

そうこうしている間にも、次々に襲撃犯《しゅうげきはん》の仲間が合流してくる。こちらは護衛ひとりに対し、襲撃犯《しゅうげきはん》は二十人にもなっていた。

「私が隙《すき》を作ります。その間にお逃げください」

護衛は小声でそう言うと、リーダー格の男に斬りかかった！

「今です！　奥様、逃げ……」

護衛は言葉の途中で、他の襲撃犯《しゅうげきはん》に背中を斬られて倒れた。

「隙《すき》なんかやらねえよ。無駄死に、ご苦労さん」

命をかけた護衛を足蹴《あしげ》にして、男は唾《つば》を吐きかける。

こいつらは、人の命をなんだと思っているのか……

絶体絶命。

それでも、母上は諦めなかった。護衛が持っていた剣を拾い、襲撃犯《しゅうげきはん》に向かって構えた。

「それが命をかけて戦った相手にする仕打ちですか？　とことん、腐《くさ》っているのですね……」

「やっぱりあんた、いいねえ。あんただけは生かしてやってもいいぞ？　俺の女にしてやるよ。まあ、そこのガキどもは首をはねて玄関に飾っていくがな。ガハハハハ」

「黙りなさい！　私の息子たちには、手を出させません！」

使い慣れない剣で、母上はリーダー格の男に斬りかかった。だが男が母上の剣を受け流し、斬りつけた……

「母……上……？」

血しぶきが飛び散り、母上がその場に倒れる。

その瞬間、頭の中でなにかが切れた音がした。

僕は、母上が持っていた剣をゆっくりと拾う。

「おい、ガキ。やる気か？」

「……死ね」

「ああ!?」

身体は軽かった。男たちの斬りかかってくる剣が止まっているように見えて、次々と襲撃犯《しゅうげきはん》たちを倒していった。

気づくと、リーダー格の男ひとりだけになっていた。

「ばっ……化け物!!」

なにを言われても、止まりはしない。男を斬り捨てた時、その腕に刻まれた奇妙な模様が目に焼きついた。

気づくと、僕の手は血まみれになっていた。

「……アンソニー？」

「兄上……僕、どうして……」

そのまま、意識を失った。


目を覚ますと、見慣れた天井が見えた。ここは、僕の部屋だ。

「アンソニー、目を覚ましたのか？」

兄上が顔を覗《のぞ》き込んできた。どんな顔をしたらいいかわからず、目を逸らす。

「……兄上が、無事でよかった」

「おまえのおかげだ。母上も、大丈夫だそうだ」

「母上がっ!?」

母上は、死んでしまったと思っていた。勢いよく起き上がり、ベッドからおりる。

「アンソニー⁉　大丈夫なのか⁉」

兄上の声にはこたえず、母上の部屋に走る。母上が、生きている！

「母上！」

ノックもせずに、勢いよく部屋のドアを開ける。

「アンソニーか。今は眠っているから、静かにしなさい」

母上のそばには、父上の姿があった。

「お戻りになっていたのですね」

兄上と母上が無事で、父上も帰ってきた。ホッとして気が抜けたのか、僕はその場にへたり込む。

「無理をするな。アンソニー……よくやった」

父上にそう言われ、自分がしたことを思い出す。

褒《ほ》められるようなことは、していない。

僕は、人を殺した。

その日から、剣を持つことをやめた。大人たちはあの一件以来、僕にブラント公爵家を継いでほしいと言い出した。僕は「継ぐ気はない」とはっきり告げ、学園の寮に入ることにした。


あれから五年。

友人は俺を恐れ、離れていった。ひとりでいるのは気が楽だったから、気にしていない。

ただひとり、あの件で付きまとってくる奴がいる。兄上の婚約者のシルビアだ。口を開けば、「アンソニー様が、ブラント公爵家を継ぐべきよ！」としつこい。兄上の婚約者でありながら俺が好きだと言う彼女に、心底ガッカリしていた。そんなシルビアを、兄上は想っている。

「アンソニー様、そろそろご実家にお戻りになってください。皆様、お待ちになっていますわ」

今日もまた、シルビアは付きまとってくる。

我慢《がまん》できずに逃げ出し、身を隠した。するとそこには、先客がいた。

ベンチに座っている女の子は、自分の顔をパンッと思い切り叩いた。

「それ、痛くないの？」

思わず、話しかけていた。

「アンソニー様〜？　どちらにいらっしゃるのですか〜？」

見つかると思って焦《あせ》った俺は、思わず彼女の口を塞《ふさ》いでいた。真っ赤になっていく彼女の顔を見ながら、「ごめん、見つかりたくないんだ」と告げる。彼女がコクンと頷《うなず》くのを見て、手を離す。

彼女の名前は、モニカというのだそうだ。

朝から、散々聞いた名前だった。酷い噂《うわさ》が流れていたけれど……彼女が、そんな人だとは思えない。

とても綺麗で、澄《す》んだ目をしていた。

翌日、朝からシルビアが校舎の入り口で待ち伏せしていた。校舎に入るのを諦め、あの場所で本を読むことにした。
しばらくすると、昨日のあの子がベンチに座った。俺には気づいていないみたいだ。
「このまま、消えてしまえたらいいのに……」
彼女の言葉が、自分に重なった。
消えてしまえたら、楽になると思った。だから、寮に入った。
俺がしたことは、決して消えない。
だが、彼女は違うと思った。
あんなにやせ細った身体で、なにと闘っているのか。
悪い噂《うわさ》？　違う、彼女はなにかを抱えているように見える。
この時から俺は、彼女のことばかり考えるようになった。
誰とも関わりたくないと思っていたはずなのに、いつも彼女を捜してしまう。
これが恋なのだと気づいたのは、しばらく経ってからのことだった。

番外編　五　新しい命

忙しい日々もようやく落ち着いてきた。

アンソニー様は最年少で騎士団の副団長に昇進し、私は侯爵として認められるようになっていた。

仕事も順調で、アンソニー様との時間も増えて、あの辛かった日々が夢だったのではと思える。

「なんだか最近、少し疲れやすいみたい」

忙しいわけではないのに、仕事を終えて屋敷に帰ると、どっと疲れが押し寄せてくる。

「一度、お医者様に診《み》てもらいましょう。明日、お呼びします」

「お願い、ロベルト……あ。アンソニー様には心配かけたくないから、言わないでいてね」

「かしこまりました」

少し疲れやすいだけで、どこか痛いわけではない。大病ではないだろうし、アンソニー様には黙っていてほしいとロベルトに頼んだ。

翌日、私は屋敷で仕事をするからと言って、仕事に出かけるアンソニー様を見送り、医師の到着を待った。

「……ニカ様」

「……ん……」

「お医者様がお見えになりました。診察《しんさつ》はこの部屋でなさいますか？」

いつの間にか、ソファーで眠っていたようだ。

「そうね……身体が少し重いから、ここでお願いするわ」

ソファーに座り、医師の診察《しんさつ》を受けることにした。

あらかた診《み》てもらうと、医師がなぜか嬉しそうに口を開く。

「おめでとうございます、ご懐妊《かいにん》です」

「え……」

ご懐妊《かいにん》って……

「えぇ!?　本当ですか!?」

驚きと同時に、嬉しさが込み上げてくる。まさか、赤ちゃんができているとは思っていなかった。

「モニカ様、おめでとうございます！」

「ありがとう、ロベルト」

お腹の中に、愛する人との子がいる。なにもかもが順調で、怖いくらい幸せだ。

「馬車の用意をして」

一刻も早くアンソニー様に伝えたい。そう思った私は、アンソニー様の職場を訪れることにした。

今日は、演習場にいると聞いた。取り次いでほしいと頼むと、中に通してくれた。

「あれ？　ここにいると聞いたけれど……」

団員たちが訓練をしている場所には、アンソニー様の姿が見えない。今日は休みを取ったのだし、少し見学をしていようとベンチに座った。

「それにしても、納得がいかない」

「まだ言っているのか？　剣で敵わないのだから仕方がないだろう」

団員たちが訓練の手を休めて、話しはじめた。

「暗殺術なんて、騎士が使うものじゃないだろう!?　なにが最年少で副団長だ！　次は、俺が副団長になれると思っていたのに！」

団員たちが話しているのは、アンソニー様のことだったようだ。

最年少で副団長になったのだから、妬《ねた》まれるのは仕方がないのかもしれない。けれど、それなら直接言えばいい。本人がいないところで文句を言うなんて、ただの陰口だ。

私は立ち上がり、彼らに向かって声をかけた。

「それは残念でしたね。でも、それならもっと努力しないといけませんね。文句を言っている時間がもったいないです。さあ、頑張りましょう！」

嫌味などではない。目標を目指して頑張るのは良いことだ。誰かに負けたくないという気持ちは、強くなるために必要なことだと思う。

「え……あ、ああ、そうだな。ところで君は？」

「バーディ侯爵!?　副団長に、会いにいらしたのですか!?」

「え!?　嘘だろ……!?」

文句を言っていた団員が気まずそうにこちらを見たところで、アンソニー様が姿を現した。

「モニカ！　こんなところまで来るなんて、どうしたんだ？」

さらに気まずくなったのか、文句を言っていた団員はこっそり逃げていった。

「お知らせしたいことがあって。お姿が見えなかったので、少し見学をしていたんです」

「もうすぐ終わるから、一緒に帰ろう」


「ぷぷっ！　あはははっ！」

アンソニー様は、馬車に乗るまで我慢《がまん》していたのか、乗り込んだ瞬間笑い出した。

どうやら、さっき私が団員と話していたのを聞いていたらしい。

「そんなに笑わなくても……」

「いや……さすが、モニカだなと思って……ぷぷっ」

アンソニー様は、自分が悪口を言われていることに気づいていた。幸せすぎて怖いなんて思っていた自分を、殴ってやりたい。いくらアンソニー様が強いからと言って、なんでも耐えられるわけじゃない。あんな風に言われていたら、悲しくなってしまう。

「アンソニー様が嫌な思いをしていたのに、気づかなくてすみません」

これでは妻失格だ。落ち込んでいると、なぜか両頬《りょうほお》をつままれた。

「いひゃいれす」

「君に心配かけたくないから黙っていたんだ。そんな顔、してほしくない。それに俺は気にしていない。君が言った通り、俺という存在が団員たちの越えるべき壁になっているからね。俺に勝とうと努力してくれることは、良いことだ。俺のやる気にも繫がるし」

アンソニー様は、やっぱり強い人だ。

「そういえば、知らせたいことって？」

「……教えません」

笑われたので、意地悪をしたくなった。

「わざわざ会いに来てまで、早く知らせたかったのだろう？」

「そうですけど……やっぱり、教えません」

屋敷に着くまでは、教えてあげない。私たちの赤ちゃんは、きっと強い子になる。男の子でも、女の子でも構わない。元気に生まれてきてくれれば、それで充分だ。

屋敷に戻ると、玄関で抱きしめられた。

「どうしたのですか？」

振り返ろうとすると、「このままで」と制された。

「君が一緒にいてくれるから、俺は強くなれる。昔の俺だったら、面倒だと逃げ出していただろう。モニカ……ありがとう」

お礼を言うのは私のほうだ。アンソニー様に出会っていなかったら、今の私はいない。

彼に触れられているところが、熱を持っていく。いつまで経っても、彼に触れられるとドキドキが止まらない。

「アンソニー様、大好きです」

自然と口にしていた。本当に大好きで、愛おしい。

「モニカ……」

抱きしめる腕に、力がこもる。

「寝室……行こうか」

「ダメです」

意地悪じゃなく、寝室はダメだ。

「我慢《がまん》できない」

「……我慢《がまん》してください。父親になるのですから」

キチンと伝えるつもりだったのに、こんなかたちになってしまうとは。

「父親……って、子供ができたのか⁉」

「はい」

「よくやった！　モニカ、ありがとう！　本当に、ありがとう……！」

アンソニー様の嬉しそうな顔を見て、私までまた嬉しさが込み上げてくる。

「こんなところに突っ立ってないで、ソファーに行こう！」

引き止めたのは、アンソニー様だったような？

急に身体が宙に浮き、アンソニー様に抱きかかえられた。

「え⁉　アンソニー様⁉　おろしてください！」

「おろさない。安静にしてなくちゃダメだ」

急に過保護になるアンソニー様。先が思いやられる。

「ああ……嬉しすぎて顔がニヤける。俺たちに、子供ができるんだな。家族が、増えるのか」

抵抗するのはやめて、彼の首に腕を回す。

「たくさん欲しいです」

「それなら、頑張らなくちゃね」

その言葉を聞いて、頬《ほお》が赤く染まった。

この作品に対する皆様のご意見・ご感想をお待ちしております。

おハガキ・お手紙は以下の宛先にお送りください。

【宛先】

〒150-6019 東京都渋谷区恵比寿 4-20-3 恵比寿ｶﾞｰﾃﾞﾝﾌﾟﾚｲｽﾀﾜｰ 19F
(株) アルファポリス　書籍感想係

メールフォームでのご意見・ご感想は右のＱＲコードから、
あるいは以下のワードで検索をかけてください。

アルファポリス　書籍の感想　検索

ご感想はこちらから

本書は、「アルファポリス」(https://www.alphapolis.co.jp/) に掲載されていたものを、
改題、改稿、加筆のうえ、書籍化したものです。

ご存知《ぞんじ》ないようですが、父《ちち》ではなく私《わたし》が当主《とうしゅ》です。

藍川みいな（あいかわ みいな）

2024年 12月 31日初版発行

編集－渡邉和音・森 順子
編集長－倉持真理
発行者－梶本雄介
発行所－株式会社アルファポリス
〒150-6019 東京都渋谷区恵比寿4-20-3 恵比寿ｶﾞｰﾃﾞﾝﾌﾟﾚｲｽﾀﾜｰ19F
TEL 03-6277-1601（営業） 03-6277-1602（編集）
URL https://www.alphapolis.co.jp/
発売元－株式会社星雲社（共同出版社・流通責任出版社）
〒112-0005 東京都文京区水道1-3-30
TEL 03-3868-3275
装丁・本文イラスト－梅之シイ
装丁デザイン－AFTERGLOW
（レーベルフォーマットデザイン－ansyyqdesign）
印刷－中央精版印刷株式会社

価格はカバーに表示されてあります。

落丁乱丁の場合はアルファポリスまでご連絡ください。

送料は小社負担でお取り替えします。


ISBN978-4-434-34080-2 C0093